Donner Johann Terence

Die Lustspiele

Donner Johann Terence

Die Lustspiele

ISBN/EAN: 9783744637558

Hergestellt in Europa, USA, Kanada, Australien, Japan

Cover: Foto ©Andreas Hilbeck / pixelio.de

Weitere Bücher finden Sie auf **www.hansebooks.com**

Die Lustspiele

des

Publius Terentius.

Deutsch

in den Versmaßen der Urschrift

von

J. J. C. Donner.

Zweiter Band.

Leipzig und Heidelberg.

C. F. Winter'sche Verlagshandlung.

1864.

Inhalt des zweiten Bandes.

IV.

Die Brüder.

———

Personen.

Demea, ein Alter, Vater des Aeschinus und des Ctesipho.

Micio, dessen Bruder, Adoptivvater des Aeschinus.

Aeschinus, Sohn des Demea, adoptirter Sohn des Micio.

Pamphila, dessen Geliebte.

Ctesipho, Demea's zweiter Sohn.

Sostrata, eine Wittwe, Mutter der Pamphila.

Hegio, ein Verwandter der Sostrata.

Canthara, die Amme der Pamphila.

Sannio, ein Kuppler.

Syrus,
Dromo, } Sklaven des Micio.
Parmeno,

Geta, Sklave der Sostrata.

Eine Harfenspielerin, Geliebte des Ctesipho.

Die Scene ist in Athen.

Prolog.

———

Weil unser Dichter merkte, daß Mißgünstige
An seiner Arbeit mäkeln, und die Feinde gern
Das Stück herabzieh'n möchten, das heut spielen soll:
So stellt er sich vor euren Richterstuhl; ihr sollt
5 Entscheiden, ob er Tadel oder Lob verdient.
Synapothneskontes heißt ein Stück von Diphilus,
Aus welchem Plautus seine Commorientes schuf.
Im Griechischen raubt ein Jüngling im Beginn des Stücks
Ein Mädchen einem Kuppler: diese Stelle blieb
10 Von Plautus unberührt, und unser Dichter nahm
Sie wörtlich übertragen in die Brüder auf.
Dies neue Stück spielt heute; jezt urtheilet ihr,
Ob das ein Raub ist, oder ob er einen Stoff
Nur nachgeholt, der achtlos übersehen war.
15 Denn was die Feinde sagen, daß gar edle Herrn
Ihm helfen, ihm beständig ihre Feder leih'n —
Womit sie glauben ihn zu schmäh'n — das achtet er
Als höchsten Lobspruch, weil er Männern wohlgefällt,
Die euch gesammt gefallen und dem ganzen Volk,
20 Von deren Dienst im Frieden, im Geschäft, im Krieg,

Wo's galt, ein Jeder ohne Stolz Vortheile zog.
Erwartet nicht des Stückes Inhalt weiter! Ihn
Thun theils die Greise, die zuerst auftreten, kund;
Theils offenbart ihn der Verlauf. O rege nur,
25 Noch mehr zu dichten, eure Gunst den Dichter auf!

Erster Act.

Erste Scene.

Micio allein.

Micio.
(tritt aus seinem Hause und ruft hinein)

Storax!

(Pause.)

Heut Nacht kam Aeschinus nicht heim vom Schmaus,
Auch keiner der Sklaven, die wir ausgeschickt nach ihm.
Wahr ist und bleibt doch, was man sagt: wenn du von Haus
Einmal wohingehst oder wo zu lang verweilst,
5 Dann ist es besser, das geschieht, was deine Frau
In ihrem Unmuth gegen dich sagt oder denkt,
Als was ein Vater fürchtend ahnt aus Zärtlichkeit.
Die Frau, sobald du draussen bleibst, denkt gleich: du liebst,
Du wirst geliebt, zechst, oder gibst der Lust dich hin,
10 Du thust dir gütlich, während sie zu Hause darbt.
Doch ich, was denk' ich, weil der Sohn nicht heimgekehrt?
Was ängstet mich nicht! „Daß er sich erkältet hat,
Daß er gestürzt ist oder was gebrochen hat!"
Bah! Daß ein Mensch doch irgendwas in's Herz sich pflanzt
15 Und hätschelt, daß ihm's theurer wird als er sich selbst!

Und doch — er ist nicht mein, ist meines Bruders Sohn:
Und völlig ungleich ist mir der. Von Jugend an
Erkor ich mir dies sanfte, stillgemächliche
Stadtleben, und was Andern als ein Glück erscheint,
20 Ein Weib, besaß ich nie; er, ganz mein Gegenbild,
Lebt auf dem Lande, hält sich immer karg und hart.
Er hat ein Weib genommen, die zwei Söhne dann
Gebar. Den ältsten nahm ich auf an Sohnesstatt;
Ich zog von Kindesbeinen an ihn auf bei mir,
25 Hab' ihn gehalten, ihn geliebt, als wär' er mein.
Mein Liebling ist er; er allein ist meine Lust,
Und daß er mich gleich liebe, biet' ich Alles auf;
Ich übe Nachsicht, geb' ihm Geld, gebrauche nicht
Mein Recht in Allem; endlich hab' ich ihn gewöhnt,
30 Mir nicht, was Andre heimlich vor dem Vater thun,
Und was die Jugend mit sich bringt, zu verheimlichen.
Denn wer den Vater, wie's so geht, durch Lug und Trug
Berückt, der wagt's viel eher noch bei Anderen.
Durch Ehrgefühl und Milde kann, das glaubt' ich stets,
35 Man seine Kinder besser zieh'n als durch die Furcht.
Da denkt mein Bruder anders, das gefällt ihm nicht.
Oft kommt er scheltend: „Micio, was machst du doch?
Verderbst mir da den Jungen, daß er zecht und gar
Den Dirnen nachläuft, und du gibst ihm Geld dazu!
40 Du hältst in Kleidern ihn zu gut, bist gegen ihn
Zu schwach." — Er ist zu strenge, mehr als billig ist,
Und irrt gewaltig, wie ich meine, wenn er glaubt,
Anseh'n, gegründet auf Gewalt, sei mächtiger
Und dauerhafter, als ein Band, das Liebe knüpft.
45 Mein Grundsaz ist, an diesem Glauben halt' ich fest:
Wen Furcht vor Strafe seine Pflicht zu thun bestimmt,

Der hütet sich, so lang er glaubt, es werd' entdeckt;
Doch hofft er, daß es heimlich bleibt, dann springt er um.
Wen du durch Wohlthun fesselst, der thut Alles gern;
50 Er will vergelten; nah' und fern bleibt er sich gleich.
Gewöhne denn ein Vater seinen Sohn, von selbst
Zu thun das Rechte, nicht aus Furcht vor Anderen.
Dies trennt den Herrn vom Vater. Wer das nicht erkennt,
Gestehe, daß ihm Kinderzucht was Fremdes ist. —
55 Doch kommt er da nicht selbst, von dem ich sprach? — Er
ist's. —
Er blickt so finster drein: warum? Wohl wird er gleich,
Wie immer, zanken.

Zweite Scene.

Micio. Demea.

Micio.
(geht freundlich auf ihn zu)

Bin erfreut, mein Demea,
Dich wohl zu sehen.

Demea.
(ohne zu grüßen)

Eben recht! Ich suchte dich.

Micio.

Warum so finster?

Demea.

Fragst du das, und Aeschinus
Ist doch bei dir im Hause?

Micio.
(für sich)

Sagt' ich's nicht, so kommt's?
(laut zu Demea)

Was that er?

Demea.

Was er that? Er, der vor Nichts sich schämt,
5 Der sich vor Niemand fürchtet, sich an kein Gesez
Gebunden achtet! — Alles, was er früher that,
Erwähn' ich nicht; doch was verübt' er jezt?

Micio.
(gelaſſen)

Und was?

Demea.
(außer sich)

Hat eine Thür erbrochen, hat ein fremdes Haus
Gestürmt, den Hausherrn und das Hausgeſinde dort
10 Bis auf den Tod geprügelt, hat ein Dirnchen sich
Entführt als Liebchen: Alle schrei'n, entſezlich sei's.
Wie Viele sagten's auf dem Weg hieher zu mir!
Es ist in alles Volkes Mund. Kurz, Micio,
— Bedarf's des Beispiels — ſieht er ſeinen Bruder nicht,
15 Der fleißig, sparsam, nüchtern auf dem Lande lebt?
So treibt er's niemals. Sag' ich das von ihm, so gilt's
Dir, Micio; du gibst dem Untergang ihn preis.

Micio.

Nichts ungerechter, als ein unerfahrner Mensch,
Der Nichts für recht hält, außer was er selbst gethan.

Demea.

20 Was soll das heißen?

Micio.

Daß du ganz verkehrt davon
Urtheilst. Es ist nicht Sünde, wenn ein junger Mensch
Buhlt oder zecht —

Demea.
(ihn zornig unterbrechend)

Nicht?

Micio.
(fährt gelassen fort)

Oder wenn er eine Thür

Erbricht. Und hab' ich oder du das nie gethan,

So hat's die Armuth uns verwehrt. Jezt rechnest du

25 Dir das zum Ruhme, was du nur aus Mangel thatst?

Wie. ungerecht doch! Hätten wir das Geld gehabt,

Wir thaten's. Wärst du menschlich mild, du ließest jezt

Den Sohn gewähren, wo's die Jugend ihm erlaubt,

Statt daß er's später dennoch thut, wo's nicht geziemt,

30 Wenn er nach langem Warten dich hinausgeschafft.

Demea.

Bei'm Jupiter! Du bringst mich noch zum Rasen, Mensch!

Nicht Sünde wär' es, wenn ein Jüngling also thut?

Micio.

Damit du mich nicht länger quälst mit solchem Zeug,

Hör' an! Du gabst mir deinen Sohn an Kindesstatt;

35 Jezt ist er mein, und fehlt er irgend, fehlt er mir;

Den meisten Schaden, Demea, trag' ich dabei.

Er riecht nach Salben, schmaust und zecht von meinem Geld.

Er buhlt — so lange mir's gefällt, geb' ich das Geld;

Gefällt mir's nicht mehr, sperrt man ihn vielleicht hinaus.

40 Er hat die Thür erbrochen — nun, die stellt man her:

Ein Kleid zerrissen — wird geflickt! Gottlob, dazu

Fehlt's nicht an Mitteln, und noch ist mir's keine Last.

Kurz, laß das, oder — wer da will, entscheide hier! —

Ich zeige, daß du größre Fehler machst.

Demea.
(seufzend)

O Gott!

45 Von Andern lerne Vater sein, die's wirklich sind.

Micio.

Du bist sein Vater leiblich, ich durch meinen Rath.

Demea.

Ja, du beräthst ihn!

Micio.

Schweigst du nicht, so geh' ich fort.

(wendet sich, um zu gehen)

Demea.
(ihn zurückhaltend)

Das thust du?

Micio.

Hör' ich ewig nur dasselbe Lied?

Demea.

Er macht mir Sorge.

Micio.

Und mir auch. Doch, Demea,
50 Besorge Jeder seinen Theil, den Einen du,
Den Andern ich! Für Beide sorgen, heißt ja fast
Den wieder fordern, den du mir vertraut.

Demea.
(bewegt)
O Gott!

Micio.

Mir scheint es so.

Demea.

Gut! Wenn es dir gefällt — er mag
Verthun, verprassen, zu Grunde geh'n! Mich schiert es nicht.
55 Wenn ich hinfort ein Wort nur —

Micio.

Wieder, Demea,

Im Zorn?

Demea.

Du willst nicht glauben? — Fordr' ich ihn zurück? —
Das schmerzt! — Ich bin kein Fremder! — Red' ich drein —
doch — still!
Für Einen soll ich sorgen? Recht! Den Göttern Dank!
Der ist so, wie ich will. Der Deine wird's einmal
60 Selbst fühlen noch. Nichts Härt'res sag' ich wider ihn.

(ab.)

Dritte Scene.

Micio allein.

Micio.

Was er da sagt, ist Etwas, aber geht zu weit.
Doch lästig ist mir's immer; aber daß mir's wurmt,
Das wollt' ich ihm nicht zeigen. Denn so ist er: will
Ich ihn versöhnen, biet' ich ihm, so viel ich kann,
5 Die schärfste Spize, schreck' ihn ab; doch faßt er kaum
Sich menschlich: aber reizt' ich ihn, bestärkt' ich ihn
Gar noch im Zorn, dann wär' ich wahrlich toll, wie er.
Wahr ist es, daß sich Aeschinus in diesem Punkt
Nicht auf die rechte Weise gegen uns benimmt.
10 Welch Freudenmädchen liebt' er nicht, beschenkt' er nicht?
Unlängst — er hat sie alle jezt vermuthlich satt —
Erklärt er, daß er eine Frau heimführen will.
Ich hoffte schon, nun sei der Jugendrausch vertobt,
Und freute mich darüber. Jezt von Neuem ist's
15 Bei'm Alten wieder! Wissen muß ich's, was es sei,
Will sehen, ob ich auf dem Markt ihn sprechen kann.

(ab.)

Zweiter Act.

Erste Scene.

Sannio. Aeschinus.

(Als stumme Personen: die Harfenspielerin und Parmeno.
Mit Hülfe des Lezteren will Aeschinus das Harfenmädchen in
Micio's Haus führen, was Sannio zu verhindern sucht.)

Sannio.
(schreient)

Ich beschwör' euch, Bürger, helft mir armen, mir unschuld'gen
Manne!

Helft dem Schwerbedrängten!

Aeschinus.
(zu der Harfnerin)

Bleib' hier ruhig steh'n an diesem Plaz! Was
Blickst du um? Was fürchten? Er berührt dich nicht, so lang
ich hier bin!

Sannio.
(springt auf die Harfnerin zu)

Die will ich aller Welt zum Troz — —

Aeschinus.

5 So frech er ist, doch will er heut nicht noch einmal ge=
prügelt sein.

Sannio.

Daß du nicht vorgiebst, du habest mein Gewerbe nicht ge=
kannt: ich

Bin ein Kuppler —

Aeschinus.

Weiß es.

Sannio.

Aber halte Wort, so fest als Einer.

Daß du dich hernach entschuldigst: „du bereust, daß mir so
schmählich

Mitgespielt ward", acht' ich gar nichts, werde streng mein
Recht verfolgen.

10 Nicht mit Worten sollst du zahlen, was du durch die That
verschuldet.

Kenne schon die Sprache: „thut mir leid, ich schwöre, daß
du solcher

Schmach nicht würdig bist!". indeß man Schimpf und Schmach
mir angethan.

Aeschinus.
(zu Parmeno)

Wacker vorwärts, und die Hausthür aufgemacht!

Sannio.

Daraus wird nichts.

Aeschinus.
(zu der Harfnerin)

Jezt hinein!

Sannio.
(hält die Harfnerin fest)

Das leid' ich nimmer.

Aeschinus.

Tritt du hierher, Parmeno!

22*

15 Kamst zu weit hinweg! — Du stellst dich neben ihn! — So
will ich: recht!

Nun verwende, sag' ich dir, kein Auge von dem meinigen,

Daß, wenn ich wink', ihm unverweilt die Faust auf seiner
Backe sizt.

Sannio.

Das möcht' ich denn doch sehen.

Aeschinus.
(zu Parmeno)

He, gib Acht!
(zu Sannio, der sie festhalten will)

Du, laß die Dirne los!
(Sannio läßt nicht ab; auf einen Wink des Aeschinus schlägt ihn Parmeno)

Saunio.

Entsezlich, schändlich!

Aeschinus.

Sieh dich vor: sonst kriegst du doppelt!
(Parmeno schlägt den Kuppler von Neuem)

Sannio.

Weh! O weh!

Aeschinus.
(zu Parmeno)

20 Ich hatte diesmal nicht gewinkt; doch besser thust du hier zu viel.
Jezt geh' hinein!
(Parmeno führt die Harfnerin in Micio's Haus.)

Zweite Scene.
Aeschinus. Sannio.
Sannio.

Was soll das sein? Bist du hier König, Aeschinus?

Aeschinus.

Wenn ich es wäre, solltest du vorlängst geehrt sein nach
Verdienst.

Sannio.

Was hab' ich mit dir?

Aeschinus.

Nichts.

Sannio.

Weißt du, wer ich bin?

Aeschinus.

Danach verlangt mich nicht.

Sannio.

Hab' ich von dir was angerührt?

Aeschinus.

Hätt'st du's gethan, bekäm's dir schlecht.

Sannio.

5 Wie hätt'st du größres Recht an sie, die Meine, die mein
Geld erkauft?

Sprich!

Aeschinus.

Besser wär's, du stelltest vor dem Hause hier dein Toben ein.
Denn bist du länger mir zur Last, so wirst du stracks hinein=
geschleppt,
Mit Riemen auf den Tod gepeitscht.

Sannio.

Mich, einen Freien, peitschen?

Aeschinus.

Ja!

Sannio.

Verruchter! Und noch sagen sie, hier sei für Alle gleiches
Recht!

Aeschinus.

10 Wenn du genug dich ausgetobt, dann höre, Kuppler, wenn's
beliebt.

Sannio.

Wer tobte? War ich's oder du?

Aeschinus.

Laß dies, und komm zur Sache gleich.

Sannio.

Zur Sache? Welcher?

Aeschinus.

Soll ich dir gleich sagen, was dich hier berührt?

Sannio.

Ja; nur was billig ist!

Aeschinus.

Ei seht! Der Kuppler will nur Billiges.

Sannio.

Ein Kuppler — ja, das bin ich, ein Verderben aller Jünglinge;

15 Meineidig bin ich, eine Pest; doch hab' ich dir kein Leid
gethan.

Aeschinus.

Das fehlt auch noch!

Sannio.
(demüthig)

Ach, fahre fort, wo du begannest, Aeschinus!

Aeschinus.

Du hast mit zwanzig Minen sie bezahlt — der Henker segne
dir's! —

So viel empfängst du wieder.

Sannio.

Wie? Wenn ich sie nicht verkaufen will,
Wirst du mich zwingen?

Aeschinus.

Nein!

Sannio.

Mir war schon bang.

Aeschinus.

Sie wird auch nicht verkauft;
20 Sie ist ja frei; ich nehme sie als Freie vor Gericht in Schuz!
Nun siehe, was du lieber willst: Geld nehmen oder zum
Proceß
Dich rüsten. Das erwäge, bis ich wieder da bin, Kuppler!
(ab.)

Dritte Scene.

Sannio allein.

Sannio.

Gott!
Kein Wunder, daß erlitt'nes Unrecht manchen Mann zum
Wahnsinn treibt!
Aus meinem Hause riß er mich, schlug mich, entführte mir
zum Troz
Das Mädchen, maß mir Armen mehr als hundert Backen=
streiche zu.
Für diese Frevel alle will er noch das Mädchen zum Einkauf=
preis!
5 Doch weil er mir so viel voraus schon zahlte, sei's! Er will
sein Recht.
Ich bin bereit, sobald er nur das Geld bezahlt. Doch —
fasl' ich da?
Erklär' ich, sie um diesen Preis zu lassen, ruft er Zeugen
gleich,
Ich habe sie an ihn verkauft. Dann gute Nacht, Geld!
„Morgen komm!"
Auch dieses kann ich tragen, wenn er nur bezahlt, so schlimm
es ist.

10 Indeß ich nehm' es, wie es ist, und denke: treibst du solch
Gewerb,

So mußt du Manches mäuschenstill einstecken von dem jungen
Volk.

Doch — Niemand zahlt: ich hab' umsonst die Rechnung ohne
den Wirth gemacht.

Vierte Scene.

Sannio. Syrus.

Syrus.

(kommt aus dem Hause Micio's, und redet mit Aeschinus, der im Hause zurückbleibt)

Nur still! Ich sprech' ihn selbst; begierig soll er's nehmen,
und von Glück

Noch sagen, daß ihm's also ging.

(er bemerkt den Sannio vor der Thüre)

Wie, Sannio? Was hör' ich? Du
Hast Streit gehabt mit meinem Herrn?

Sannio.

Noch nie gewahrt' ich einen Streit
Ungleich'rer Art mein Lebenlang, als diesen heute zwischen
uns:

5 Wir beide sind, von Schlägen ich, vom Schlagen er, ganz
müd' und matt.

Syrus.

's war deine Schuld.

Sannio.

Was sollt' ich denn?

Syrus.

Dem Jungen seinen Willen thun.

Sannio.

Wie konnt' ich's mehr, als wenn ich heut die Backe stets
hinhielt?

Syrus.

Vernimm:

Das Geld nicht achten am rechten Ort, bringt oft den größten
Nuzen.

Sannio.

Ho!

Syrus.

Dir bangte sicher, ließest du von deinem Recht ein wenig nach,
10 Und fügtest dich dem jungen Herrn, du aller Schöpse größter
Schöps,
Das trüge keine Zinse dir?

Sannio.

Ich kaufe Hoffnung nicht um Geld.

Syrus.

Du bringst es zu Nichts. Geh, Sannio; du weißt nicht,
wie man die Leute fängt.

Sannio.

Ich glaube, daß das klüger ist; indeß so pfiffig war ich nie:
Das, was ich haben konnte, nahm ich immer lieber gleich
mit fort.

Syrus.

15 Ja, ja, ich kenne deinen Sinn. Was sind dir zwanzig Minen,
kannst
Du meinem Herrn gefällig sein? Auch hör' ich, du gehst nach
Cypern —

Sannio.

Ah!

Syrus.

Haſt viele Waaren für dort gekauft, ein Schiff beſtellt. Das wurmt dir wohl
Im Kopfe. Wenn du wiederkommſt, ſo Gott will, machſt du dieſes ab.

Sannio.

Nach Cypern ich? Nein! — Wehe mir! In dieſer Hoffnung thaten ſie's.

Syrus.
(für ſich)

20 Das brennt ihn: daran muß er kau'n!

Sannio.
(bei Seite)

Die Schufte! Seht,
Wie der die Stunde ſich abgepaßt! Ich kaufte da
Viel Mädchen ein und Andres, was nach Cypern ſoll.
Empfindlich iſt mein Schaden, komm' ich nicht zum Markt.
Doch, laſſ' ich's jezt und klage, wenn ich heimgekehrt,
25 Dann iſt's vorbei, die Sache kalt: „jezt kommſt du erſt?" —
„Was litteſt du's?" — „Wo warſt du?" — Beſſer, man verliert,
Als daß man hier ſich aufhält, oder ſpäter klagt.

Syrus.

Nun? Haſt du bald berechnet, was dir's tragen wird?

Sannio.

Ihm ziemte ſo was? Aeſchinus bedenkt ſich nicht,
30 Daß er das Mädchen mit Gewalt mir rauben will?

Syrus.
(leiſe)

Er wankt!
(zu Sannio)
Noch Eines hab' ich. Sieh, ob dir's gefällt.
Eh du Gefahr läufſt, Sannio, das Ganze zu

Verlieren, laß die Hälfte dir genügen.   Nun?
Zehn Minen scharrt er irgendwo zusammen.

Sannio.

Ach!

35 Mein Capital selbst macht man mir jezt streitig.   Gott!
Wie schamlos! Alle Zähne schlug er mir entzwei;
Von seinen Backenstreichen schwoll der Kopf mir auf:
Nun auch Betrug noch! Nein, ich bleibe.

Syrus.

Wie's beliebt.

Verlangst du sonst was?

(thut, als wollte er gehen)

Sannio.

Syrus, ach! ich bitte dich, —

40 Was auch gescheh'n sei — daß er, eh' ich rechte, nur
Das Meine mir erstatte, doch den Einkaufspreis!
Du hast bis hierher meine Freundschaft nicht erprobt;
Ich will dir ewig dankbar sein.

Syrus.

Gern dien' ich dir.

Doch siehe, da kommt Ctesipho! Der freut sich um
45 Sein Liebchen.

(er geht dem Ctesipho entgegen)

Sannio.

(ruft dem Syrus nach)

Und was ich bitte —?

Syrus.

Wart' ein Weilchen nur!

Fünfte Scene.

Ctesipho. Syrus. Sannio.

Ctesipho.

Von jedem Menschen nimmt man gern Wohlthaten an zur
Zeit der Noth;

Doch ist die Freude doppelt groß, wenn der uns wohlthut,
dem's gebührt.

O Bruder, ach! Wie soll ich jezt dich preisen? Weiß ich sicher
doch:

Ich finde kein so hohes Lob, daß dein Verdienst nicht höher
steht.

5 So glaub' ich denn, vor Andern ward mir dieses eine große
Glück,

Daß keines Menschen Bruder dich an edler Tugend überragt.

Syrus.

O Ctesipho!

Ctesipho.

O Syrus! Wo ist Aeschinus?

Syrus.
(auf Micio's Haus zeigent)

Er wartet dein

Im Hause.

Ctesipho.
(freudig)

Ha!

Syrus.

Was ist es?

Ctesipho.

Was? Ich lebe, Syrus, nur durch ihn!
Der liebe Mensch! Ach, Alles hat er mir zulieb' hintangesezt!

10 Nahm Schimpf und Schmach, nahm meine Lieb' und mein
                                    Vergehen über sich!
   Wer könnte m e h r thun? — Doch was knarrt die Thüre?
                                                    (will gehen.)

Syrus.
          Bleib'! Hier kommt er selbst.

Sechste Scene.
Aeschinus. Sannio. Ctesipho. Syrus.

Aeschinus.
Wo steckt der Schuft?

Sannio.
(für sich)
      Mich sucht er wohl. Nun, bringt er Etwas? Wehe mir!
Ich sehe Nichts.

Aeschinus.
(zu Ctesipho)
      Ah, grade recht! Dich such' ich eben. Nun, wie geht's?
's ist Alles sicher, Ctesipho; jezt laß auch deine Grillen sein.

Ctesipho.
Ich lasse sie; dich hab' ich ja zum Bruder. O mein Aeschinus!
5 Mein Bruder! Ach, dich in's Gesicht noch mehr zu loben
                                    scheu' ich mich;
   Du könntest glauben, solches sei mehr Schmeichelei als Dank-
                                    barkeit.

Aeschinus.
Geh, Narr! Du sprichst, als ob wir uns nicht lange kennten,
                                    Ctesipho!
Mich schmerzt nur, daß wir's fast zu spät erfuhren, wo es
                                    also stand,
Daß, wünschten wir's auch alle, doch fast keine Rettung
                                    möglich war.

Ctesipho.

10 Ich schämte mich.

Aeschinus.

Thorheit, keine Scham ist das. Um solche Kleinigkeit
Fast aus dem Lande geh'n! O pfui! Davor bewahre der
Himmel uns!

Ctesipho.

Ich fehlte, — ja!

Aeschinus.

Was aber sagt uns Sannio?

Syrus.

Der wurde zahm.

Aeschinus.

Ich will zum Markt, und zahl' ihn aus; du gehst zu ihr,
mein Ctesipho!

(Ctesipho geht ab.)

Sannio.
(leise zu Syrus)

Du, Syrus, treib' ihn!

Syrus.
(zu Aeschinus)

Gehen wir! Der eilt nach Cypern.

Sannio.

Nicht so sehr!

15 Kann ruhig warten, so lang du willst.

Syrus.

Sei unbesorgt; du kriegst dein Geld.

Sannio.

Doch alles?

Syrus.

Alles. Schweige nur und folge mir!

Sannio.

Ich folge schon.

Ctesipho.
(kommt aus dem Hause)

He, Syrus! He!

Syrus.

Was gibt es?

Ctesipho.

Ich beschwöre dich, den schmuz'gen Kerl

Bezahlt so bald als möglich; denn wird seine Wuth noch
mehr gereizt,

Bekommt mein Vater Wind davon; dann wehe mir in Ewigkeit!

Syrus.

20 Hat keine Noth. Sei gutes Muths! Ergöze dich mit ihr
im Haus!

Laß Polster legen zum Gelag' und Alles ordne sonst für uns!

Nach abgemachter Sache komm' ich heim und bringe Speisen
mit.

Ctesipho.

Ganz recht so! Weil uns dies geglückt, sei dieser Tag der
Lust geweiht!

Dritter Act.

Erste Scene.

Sostrata. Canthara.

Sostrata.

Amme, sprich, ich bitte dich, wie wird es geh'n?

Canthara.

Wie's gehen wird?
Ich hoffe, recht gut.

Sostrata.

Eben, Liebe, zeigen sich die ersten Weh'n.

Canthara.

Du hast schon bang, als hätt'st du's nie geseh'n, und selbst
es nicht geschmeckt.

Sostrata.

Ich Arme! Niemand hab' ich hier; wir sind allein, auch
Geta fort;

5 Kein Mensch ist da, die Wehefrau zu rufen und den Aeschinus.

Canthara.

Der wird gewiß bald kommen; denn nie läßt er einen Tag
vorbei,
Ohn' einzusprechen.

Sostrata.

Ach, er ist mein einz'ger Trost in meinem Leid.

Canthara.

Besser könnt' es deiner Tochter, da sie doch zu Falle kam,
Sich nicht fügen, Herrin, als es sich gefügt: ein solcher Mann,
10 Solcher Art, so wackern Sinnes, aus so angeseh'nem Haus!

Sostrata.

Ja, gewiß! Die Götter bitt' ich, daß er uns erhalten bleibt.

Zweite Scene.

Geta. Sostrata. Canthara.

Geta.
(für sich)

Nun ist's so weit, daß alle Welt, zusammentragend allen Rath,
Um Heil zu schaffen in dem Leid, das mir und meiner Herrin
droht
Und ihrem Kinde, sich umsonst um Hülfe mühte. Weh mir,
weh!
So Vieles thürmt sich plözlich rings um uns, daß kein Ent=
rinnen ist:
5 Noth, Gewaltthat, Ungerechtigkeit, Verlassenheit und Schmach!
Welche Zeiten! Welche Frevel! Schnöde Brut! Verruchter
Mensch — —

Sostrata.
(erschrocken zu Canthara)

Weh, weh! Was seh' ich Geta doch so voller Angst und
Eile hier?

Geta.
(fortfahrend)

Den weder sein Versprechen noch des Eides Schwur noch
         Mitgefühl

Abhielt und anders stimmte, noch der Armen nahe Niederkunft,

10 An der er ruchlos sich verging!

Sostrata.
       Ich kann nicht recht verstehen, was

Er spricht.

Canthara.
    O laß, ich bitte dich, uns näher treten, Sostrata!

Geta.

Ich Armer, ach! Kaum bin ich bei mir selbst: so brennt
         der Zorn in mir.

O käme doch — Nichts wünsch' ich mehr — die ganze Sipp=
         schaft mir in Wurf,

Auf sie, so lang der Aerger glüht, all meinen Ingrimm aus=
         zuspei'n!

15 Nähm' ich an ihnen Rache nur, die Strafe wäre mir genug:
Dem Alten, der den Schuft gezeugt, blies' ich zuerst den Odem
         aus;

Den Syrus dann, den Verführer, ha! in welcher Art zer=
         fleischt' ich den!

Ihn packt' ich mitten, höb' ihn hoch, und stieß' ihn köpflings
         auf den Grund;

Den Weg bespritze sein Gehirn!

20 Dem Jungen riss' ich die Augen aus, und stürzte dann ihn
         jäh hinab;

Die Andern alle würf' ich, trieb' ich, riss' ich, stieß' ich,
         schmiss' ich hin!

Doch — meld' ich gleich der Frau das Leid!
                       (er will fort.)

Sostrata.

Laß uns ihn rufen! — Geta!

Geta.

Ha!

(läuft weiter)

Wer du sein magst, laß mich!

Sostrata.

Ich bin's: Sostrata.

Geta.

Wo bist du? Dich

Such' ich ja, nach dir verlang' ich; wie gerufen, kommst du mir.

(zitternd und athemlos)

25 Herrin!

Sostrata.

Was so hastig?

Geta.

Weh mir!

Canthara.

Geta, Freund, was eilst du so?

Komm zu Athem!

Geta.

Ganz —

Sostrata.

Was aber soll das „ganz"?

Geta.

Sind wir verloren!

Alles hin!

Sostrata.

So sage, bitt' ich, was es ist.

Geta.

Nun —

Sostrata.

Was denn „nun"?

23 *

Geta.

Aeschinus —

Sostrata.

Was der?

Geta.

Hat unserm Hause sich entfremdet —

Sostrata.

Ha!

Weh! Warum?

Geta.

Nach einer Andern steht sein Sinn.

Sostrata.

Ich Arme, weh!

Geta.

30 Und er treibt's nicht heimlich; offen nahm er sie dem Kuppler
fort.

Sostrata.

Ist das sicher?

Geta.

Ja; mit eignen Augen sah ich's, Sostrata.

Sostrata.

Ach, ach! Was soll man oder wem noch glauben? Unser
Aeschinus!
Der unser aller Leben, unsre Hoffnung, unsre Stüze war,
Der uns geschworen, keinen Tag fortan zu leben ohne sie,
35 Der seinem Vater auf den Schooß das Kind zu legen uns
verhieß,
Ihn so zu bitten, daß er sie heimführen dürf' als sein Gemahl!

(sie weint)

Geta.

O laß die Thränen, Herrin, und bedenke nur, was hier
zu thun:

Ob wir es dulden, oder uns Jemand entdecken?

Canthara.

Bist du toll?

Du meinst, man soll das irgend noch kundmachen?

Geta.

Dazu rath' ich nicht.

40 Für's Erste hat sein Herz von uns sich abgewandt, das liegt
am Tag;

Und machen wir's jezt öffentlich, so läugnet er, ich weiß gewiß.

Dann kommt dein Ruf und deiner Tochter Leben in Gefahr;
und wenn

Er auch gesteht, wer mag sie jezt ihm geben, da er die Andre
liebt?

So thut's in jedem Falle Noth: wir schweigen.

Sostrata.

Nein, das thu' ich nicht.

Geta.

45 Was willst du denn?

Sostrata.

Ich mach' es kund.

Canthara.

Bedenke, Liebe, was du thust.

Sostrata.

Die Sache kann nicht schlimmer werden, als sie schon ge=
worden ist.

Erst keine Mitgift; und sodann ist, was so viel als diese gilt,

Verscherzt: der Jungfrau Blüthe. So bleibt dies allein uns
übrig: wenn

Er läugnet, dient als Zeuge noch der Ring für uns, den
                          er verlor.

50 Und endlich, weil von jeder Schuld mich ledig mein Gewissen
                          spricht,

Daß kein Gewinn im Spiele war, Nichts, was mich oder
                          sie beschimpft,

So klag' ich.

Geta.

Gut! Du trafest wohl das Rechte.

Sostrata.

Geh, so schnell du kannst,

Und ihrem Vetter Hegio thu' Alles kund der Reihe nach.

Er war des Simulus bester Freund, und hielt beständig treu
                          zu uns.

Geta.

55 Kein andrer Mensch auch kümmert sich um uns.

Sostrata.

Du, liebe Canthara,

Schnell hole die Wehfrau, daß sie gleich zur Hand sei, wenn
                          es nöthig ist.

                                    (Alle ab.)

Dritte Scene.

Demea allein.

Demea.

Ich bin verloren! Ctesipho, mein Sohn, war auch,
Wie mir gesagt ward, bei dem Raub mit Aeschinus.
Das fehlt zu meinem Leide noch, daß er auch d e n
Zur Schlechtigkeit verleitet, der noch etwas taugt.
5 Wo such' ich ihn? Wohl ward er in ein schlechtes Haus

Gelockt; gewiß hat ihn der Bösewicht beschwazt.
Ei sieh da, Syrus! Jezt erfahr' ich, wo er ist.
Doch der gehört zu dieser Bande selbst. Sobald
Er wittert, wen ich suche, sagt der Schurke nichts.
10 Nicht merken darf er, was ich will.

Vierte Scene.

Demea. Syrus.

Syrus.
(ohne den Demea zu bemerken)

Dem Alten ward
Der ganze Handel eben nach der Reih' erzählt:
Nie sah ich größere Freude noch.

Demea.
(für sich)

O Jupiter!
Ist der verrückt?

Syrus.

Er lobte seinen Sohn, und mir,
Der ich den Rath gegeben, sagt' er großen Dank.

Demea.
(für sich)

5 Ich berste!

Syrus.

Alsbald zahlt' er uns das Geld, und gab
Noch eine halbe Mine mehr, zum Schmaus für uns:
Die wurde ganz nach meinem Wunsch verwendet.

Demea.

Ha!
Dem muß man's heißen, wünscht man Etwas recht besorgt.

Syrus.
(erblickt den Demea)

Ah, Demea! Dich hatt' ich nicht bemerkt. Wie geht's?

Demea.

10 Wie's geht? — Ich kann, Freund, über euer Wesen da
Mich nicht genug verwundern.

Syrus.
Das ist allerdings,
Um nicht zu lügen, wirklich toll und abgeschmackt.
(er ruft einem Sklaven in's Haus hinein)
He, Dromo, he! Die andern Fische mache rein!
Den großen Aal laß immer eine Weile noch
15 Im Wasser plätschern! Wenn ich komme, pußt man ihn,
Nicht eher!

Demea.
Schändliches Treiben!

Syrus.
Mir mißfällt es auch.
Ich schelte genug!
(zu einem Sklaven im Hause)
Daß du die gesalzenen Fische da,
Stephanio, hübsch auswässerst!

Demea.
Gütiger Himmel, hilf!
Thut er's mit Absicht, oder sucht er Ruhm darin,
20 Daß er den Sohn mir in's Verderben stürzt? O Gott!
Ich seh' im Geiste schon den Tag, wo er aus Noth
Mir unter die Soldaten läuft.

Syrus.
O Demea!
Das nenn' ich flug, was Einem vor den Füßen liegt,
Nicht nur zu schauen, sondern selbst was kommen soll.

Demea.

25 Nun, Syrus? Ist das Harfenmädchen schon bei euch?

Syrus.
(auf das Haus des Micio deutend)

Da drinnen.

Demea.

Was? Hier soll sie bleiben?

Syrus.

Ich glaube das;

Er ist ein Narr.

Demea.

Ist's möglich?

Syrus.

O die thörichte
Nachsicht des Vaters, die verkehrte Schwäche!

Demea.

Ja,

Des Bruders wegen schäm' ich, ärgr' ich mich.

Syrus.

Fürwahr,

30 Ein gar zu großer Unterschied ist zwischen euch —
Ich sage das nicht, weil du just zugegen bist —
Du bist die Weisheit ganz und gar von Kopf zu Fuß,
Er ist ein Träumer. Ließest du wohl deinen Sohn
So etwas treiben?

Demea.

Ich? Ein halbes Jahr zuvor
35 Hätt' ich's gewittert, eh' er einen Schritt gethan!

Syrus.

Wohl kenn' ich deine Wachsamkeit.

Demea.

Er bleibe nur

So, wie er jezt ist!

Syrus.

Wie man ein Kind zieht, hat man es.

Demea.

Was ist's mit ihm? Du sahst ihn heute?

Syrus.

Deinen Sohn?

(bei Seite)

Den jag' ich auf das Land.

(laut zu Demea)

Er schafft wohl längst im Feld.

Demea.

40 Weißt du's gewiß?

Syrus.

Ich hab' ihn ja begleitet —

Demea.

Gut!

Mir bangt', er stecke hier.

Syrus.

Er war ganz aufgebracht.

Demea.

Warum?

Syrus.

Mit seinem Bruder zankt' er auf dem Markt

Der Dirne wegen —

Demea.

Wirklich?

Syrus.

Sprach ganz frei heraus.

Wie sie das Geld bezahlten, kam er unverseh'ns

45 Dazu, begann zu schreien: „Aeschinus, begehst
Du solche schlechte Streiche, thust, was unf'res Stamms
Unwürdig ist?"

Demea.
(wischt sich die Augen)

Die Freude macht mich weinen. Gott!

Syrus.

„Nicht dieses Geld verlierst du, nein, dein Lebensglück."

Demea.

Ihn schütze Gott! Er schlägt den Ahnen nach.

Syrus.

Ja wohl!

Demea.

50 Von solchen Regeln, Syrus, ist er voll.

Syrus.

Ja, ja!

Er hat den Meister daheim.

Demea.

Ich thue, was ich kann:
Ich schenk' ihm Nichts, gewöhn' ihn, heiß' ihn allezeit
In Aller Leben als in einen Spiegel schau'n,
Daß Andrer Beispiel lehrend ihm und warnend sei.
55 „Das thue!"

Syrus.

Recht so!

Demea.

„Davor hüte dich!"

Syrus.

Wie klug!

Demea.

„Dies macht dir Ehre."

Syrus.

Gut bemerkt!

Demea.

„Dies tadelt man."

Syrus.

Ganz herrlich!

Demea.

Ferner —

Syrus.
(unterbricht ihn)

Mir gebricht es jezt an Zeit,
Dir zuzuhören.   Fische kriegt' ich da nach Wunsch.
Daß die mir nicht verderben, dafür sorg' ich nun.
60 Denn, Herr, für uns ist dies so schimpflich, wie für euch,
Das nicht zu thun, wovon du eben sprachst.   So gut
Ich kann, bedeut' ich unsre Sklaven ebenso:
„Das ist versalzen; das verbrannt; nicht sauber das;
So war es recht, Freund; merke dir's ein andermal."
65 Nach meiner Einsicht mahn' ich eifrig, was ich kann.
Kurz, wie in einen Spiegel, Herr, heiß' ich sie schau'n
In ihre Schüsseln, mahne, wie man's machen muß.
Daß, was wir treiben, albern ist, das fühl' ich wohl.
Doch was zu machen? Wie der Mensch ist, muß man thun.
70 Verlangst du sonst noch Etwas?

Demea.

Daß der Himmel euch
Erleuchten möge.

Syrus.

Gehst du jezt auf's Land hinaus?

Demea.

Gerades Weges.

Syrus.

Was auch sollst du hier, wo doch
Kein Mensch beachtet, was du Gutes rathen magst?

(geht ab.)

Fünfte Scene.

Demea allein.

Demea.

Ich gehe; der ja, dem zulieb ich kam, ist schon
Auf's Land; für ihn nur sorg' ich, er nur kümmert mich.
So will's der Bruder; seh' er denn nach dem andern selbst!
Doch wer ist d a s in der Ferne dort? Nicht Hegio,
5 Mein Zunftgenosse? Seh' ich recht, so ist er's; ja!
Mein Freund vom Kindesalter an. Du lieber Gott!
Wahrhaftig, jezt gibt's solche Bürger wenig nur,
Wie der, so recht von alter Redlichkeit und Treu.
Der möchte wohl dem Staate nicht leicht Schaden thun.
10 Wie freut es mich! Wo Reste solches Schlages noch
Sich finden, hat man immer noch zum Leben Lust.
Ich warte hier, begrüß' ihn, plaudr' ein Wort mit ihm.

Sechste Scene.

Demea. Hegio. Geta.

Hegio.

Ihr ew'gen Götter! Geta, welch unwürd'ge That!
Ist's möglich?

Geta.

So geschah es.

Hegio.

Aus dem Hause soll
Ausgehen solch ein Bubenstück? Ach, Aeschinus!
Das hast du nicht von deinem Vater.

Demea.
(bei Seite)

Der hat auch
5 Von dem Harfenmädchen schon gehört! Das thut ihm leid,
Dem fremden Mann; den Vater kümmert's nicht. O Gott!
O stände der hier nahe, hörte das mit an!

Hegio.

So geht es nicht ab, thun sie nicht, was billig ist.

Geta.

Auf dir beruht all' unsre Hoffnung, Hegio.
10 Du bliebst allein uns, bist Patron, bist Vater uns;
Dir hat der Greis uns sterbend anbefohlen. Wenn
Du uns verläßest, ist's um uns gescheh'n.

Hegio.

O still!
Ich euch verlassen? Bräch' ich da doch meine Pflicht.

Demea.
(bei Seite)

Ich will ihn angeh'n.
(laut)
Sei willkommen, Hegio!

Hegio.

15 Aha! Dich eben such' ich. Danke, Demea!

Demea.

Was suchst du mich denn?

Hegio.

Aeschinus, dein ältrer Sohn,
Den du dem Bruder übergabst an Kindesstatt,
Hat nicht gehandelt, wie's dem edlen Mann geziemt.

Demea.

Wie meinst du das?

Hegio.

Du kanntest Simulus, unsern Freund

20 Und Jugendgenossen?

Demea.

Freilich.

Hegio.

Dessen Tochter, noch

Jungfrau, entehrt' er.

Demea.

Himmel!

(er will fort)

Hegio.

Demea, halt! Du weißt

Noch nicht das Aergste.

Demea.

Gibt es noch was Aergeres?

Hegio.

Ja wohl; denn jenes läßt sich noch entschuldigen

Zur Noth. Nacht, Liebe, Jugend, Wein verlockten ihn;

25 Kurz, das Verseh'n war menschlich. Als der junge Mann,

Was er gefehlt, erkannte, kam er ganz von selbst

Zur Mutter des Mädchens, weinte, bat, betheuerte,

Versprach und schwur, sie solle seine Gattin sein.

Man verzieh, man schwieg, man glaubte; doch das Mädchen ward

30 Von der Umarmung schwanger; 's ist der zehnte Mond.

Jezt nimmt der Held (will's Gott) sich eine Harfnerin,

Mit der er lebt und jene sizen läßt.

Demea.

Verhält

Sich das gewiß so, wie du sagst?

Hegio.

Die Mutter hier
Bezeugt's, das Mädchen und die Sache selbst, dazu
:35 Hier Geta, der für einen Sklaven wacker ist
Und tüchtig. Er ernährt die Frau'n, erhält allein
Das ganze Haus. Ihn packe, fessl' ihn, forsch' ihn aus.

Geta.

Ja, foltre mich, wenn's nicht die Wahrheit ist, o Herr!
Doch wird er's selbst nicht läugnen; hol' ihn nur daher.

Demea.
(für sich)

40 Ich schäme mich, weiß nicht, was ich thun, noch was ich ihm
Erwiedern soll.

Pamphila.
(hinter der Scene)

Ich Arme! Mich zerreißt der Schmerz.
Lucina, hilf mir! Rette mich! Erhöre!

Hegio.

Ha!
Wohl liegt sie schon in Wehen?

Geta.

Freilich, Hegio.

Hegio.
(zu Demea)

Um eure Hülfe fleht sie jezt; was euch das Recht
45 Gebeut, in Güte, Demea, gewährt es ihr.
Die Götter bitt' ich: wie's geziemt, thut dies zuerst.
Doch wenn ihr andres Sinnes seid, dann schüz' ich sie,
So wie den Todten, Demea, mit aller Macht.

Er war mein Vetter, und wir sind von Jugend auf
50 Vereint erzogen, waren stets vereint in Krieg
Und Frieden, trugen schwere Noth allzeit vereint.
Drum kämpf' ich, handl' ich, wag' ich, — ja, bevor ich sie
Verlasse, lieber opfr' ich selbst mein Leben auf.
Was sagst du hierauf?

Demea.

Mit dem Bruder red' ich, Freund.
55 Was er in diesem Falle räth, das will ich thun.

Hegio.

Indeß erwäge, Demea, mit allem Ernst:
Je mehr ihr lebt in Fülle, je vornehmer ihr,
Je reicher ihr und mächtiger und beglückter seid,
Um desto mehr ziemt euch, mit rechtem Sinn das Recht
60 Zu achten, wenn ihr gelten wollt als Redliche.

Demea.

Komm wieder! Alles soll gescheh'n, was billig ist.

Hegio.

So ziemt dir's. Geta, führe mich zu Sostrata.

(Hegio mit Geta ab.)

Siebente Scene.

Demea allein.

Demea.

Ich sagte, so wird's kommen. Ja, wär's nur damit
Ganz abgethan! Doch diese Zügellosigkeit,
Die nimmt gewiß ein grauenvolles Ende noch.
Jezt such' ich meinen Bruder auf, und mache meiner Galle Luft.

(ab.)

Achte Scene.

Hegio.

(er kommt aus dem Hause der Sostrata, und spricht zu ihr in's Haus hinein)

Sei gutes Muthes, Sostrata, und tröste sie,
Wie's geht. Ich treffe Micio bei'm Markt vielleicht,
Und will ihm Alles melden, wie's gegangen ist.
Wenn ich bereit ihn finde, seine Pflicht zu thun,

5 Dann gut: doch ist er andern Sinns, erklär' er sich,
Auf daß ich bald erfahre, was ich weiter soll.

                                                   (ab.)

Vierter Act.

--

Erste Scene.

Ctesipho. Syrus.

Ctesipho.
Wirklich? Ist mein Vater auf's Land?

Syrus.
Schon längst.

Ctesipho.
Im Ernst?

Syrus.
Er ist zu Hause,
Und wird gewiß schon tüchtig in der Arbeit stecken.

Ctesipho.
Wenn er nur —
Seinem Wohlsein unbeschadet — so sich dort abmattete,
Daß ihn das Bett drei volle Tage nach einander fesselte!

Syrus.
(bei Seite)
5 So sei es, und wo möglich, besser noch!

Ctesipho.
Ja wohl; denn diesen Tag
Verlebt' ich gar zu gerne, wie ich ihn begann, in lauter Lust;

24*

Und nur der Nähe wegen ist mir unser Landgut so verhaßt.
Denn läg' es weiter weg von hier,
Dann überfiel' ihn dort die Nacht, bevor er hier zurück sein
könnte.

10 Wenn er jezt mich dort nicht sieht, so läuft er sicher gleich
zurück,
Und fragt mich, wo ich gewesen: „ich sah dich heut den
ganzen Tag noch nicht."
Was sag' ich dann?

Syrus.
Fällt Nichts dir ein?

Ctesipho.
Durchaus Nichts.

Syrus.
Um so schlimmer ist's.
Habt ihr keinen Freund, Clienten, Gastfreund hier?

Ctesipho.
Ja; doch was soll's?

Syrus.
„Dem habest du gedient."

Ctesipho.
Was nicht geschah. So geht's nicht.

Syrus.
Doch, es geht.

Ctesipho.
15 Bei Tage wohl; doch bleib' ich Nachts hier, welchen Grund
dann bring' ich vor?

Syrus.
Der Henker!
Ich wollt', es wäre Sitte, daß man auch bei Nacht den
Freunden dient!

Doch sei darüber ruhig: ich verstehe mich auf seinen Sinn.
Braust er am ärgsten, mach' ich ihn zahm wie ein Lamm.

Ctesipho.

Wie das?

Syrus.

Er hört

Dich gerne loben: ich vergöttre dich bei ihm, und schwaze viel
20 Von deiner Tugend.

Ctesipho.

Meiner?

Syrus.

Ja; dann weint er alsbald, wie ein Kind,

Vor Freude. Still jezt: aufgeschaut!

Ctesipho.

Was ist's?

Syrus.

Der Wolf in fabula.

Ctesipho.

Der Vater ist's?

Syrus.

Er selbst.

Ctesipho.

Was thun wir?

Syrus.

Schnell in's Haus! Ich will schon seh'n.

Ctesipho.

Wenn er dich fragt, — „du sahst mich nicht." Verstehst du?

(Ctesipho ab.)

Syrus.

Ei, so schweige doch!

Zweite Scene.

Demea. Syrus. Ctesipho (hinter der Hausthüre).

Demea.
(für sich)

Weh, ich Unglücksmann! Den Bruder find' ich nirgends
auf der Welt.
Nicht genug! Indeß ich suche, seh' ich einen Knecht vom Gut:
Dieser sagt, mein Sohn sei nicht daselbst. Ich weiß nicht,
was ich soll.

Ctesipho.
(leise)

Syrus!

Syrus.
(ebenso)

Was?

Ctesipho.
Mich sucht er?

Syrus.
Freilich.

Ctesipho.
Wehe mir!

Syrus.
Sei gutes Muths!

Demea.
(für sich)

5 Was, zum Henker! Welch ein Unstern? Werde gar nicht
klug daraus.
Nein, ich bin dazu geboren, daß ich Unglück tragen muß.
Ich zuerst merk' alles Elend; ich erfahr' es stets zuerst;
Ich zuerst bring' alle Kunden, fühl's allein, wenn was geschieht.

Syrus.
(bei Seite)

Allerliebſt! „Er weiß zuerſt!" Er weiß allein von Allem Nichts.

Demea.
(für ſich)

10 Bin jezt wieder da, will ſehen, ob mein Bruder heimgekehrt.

Cteſipho.

Syrus, daß er nur in's Haus hier nicht hereinſtürmt!

Syrus.

Schweige doch!

Laß mich ſorgen!

Cteſipho.

Nein, bei'm Himmel! Heute darf ich dir nicht trau'n.

Sichrer iſt's: ich ſchließe mich in eine Kammer ein mit ihr.

(ab in's Haus)

Syrus.

Meinethalb! Ich ſchaff' ihn doch fort.

(er tritt dem Demea näher)

Demea.
(der den Syrus gewahr wird)

Sieh da, Syrus hier, der Schelm!

Dritte Scene.

Demea. Syrus.

Syrus.
(ſtellt ſich, als ob er den Demea nicht ſähe)

Nein, fürwahr, wenn das ſo fortgeht, hält's kein Menſch
hier länger aus!

Wiſſen möcht' ich, wie viel Herrn ich habe! Welch ein
Jammer das!

Demea.
(bei Seite)

Was hat der? Was knurrt er?

(laut)

       Heda, Theurer! Ist mein Bruder hier?

Syrus.

Was, zum Henker, soll dein „Theurer"? Ich bin hin!

Demea.

            Was fehlt dir denn?

Syrus.

5 Was mir fehlt? Mich Armen und die Harfnerin schlug Ctesipho.
Fast zu Tode.

Demea.

    Was du sagst!

Syrus.

    Sieh, wie er mir den Mund zerfezt!

Demea.

Und warum?

Syrus.

„Ich sei des Kaufs Anstifter."

Demea.

       Hast du nicht gesagt,
Daß du ihn auf's Land begleitet?

Syrus

      Ja; doch wüthend kam er dann,
Schonte Nichts! Sich nicht zu schämen, durchzubläu'n mich
           alten Mann,
10 Der ihn einst als fingerlanges Bübchen auf dem Arme trug!

Demea.

Ctesipho, du gleichst dem Vater: brav! Geh, du bist ein Mann!

Syrus.

Lobst ihn gar? Traun, wenn er klug ist, zähmt er künftig
seine Faust.

Demea.

Brav!

Syrus.

Gar sehr! Er hat ein armes Mädchen, hat mich alten Knecht,
Der das Herz nicht hatte, sich zu wehren, besiegt: ha,
schrecklich brav!

Demea.

15 Konnte gar nichts Bess'res, sah, wie ich, daß du die Fäden
spannst.

Aber ist mein Bruder innen?

Syrus.

Nein.

Demea.

Wo such' ich ihn denn wohl?

Syrus.

Weiß es, aber heute sag' ich's nicht.

Demea.

Wie sagst du? Was?

Syrus.

Ja, ja!

Demea.

Ich zerschmett're dir den Schädel!

Syrus.

Ich weiß des Mannes Namen nicht,
Nur die Gegend, wo er wohnt.

Demea.

So nenne mir die Gegend.

Syrus.

Nun,

20 Kennst du die Halle bei der Fleischbank unten?

Demea.

Ei, wie sollt' ich nicht?

Syrus.

Geh vorbei dort, grad' hinauf die Straße; wenn du droben bist,
Führt ein Abhang grad' herunter.   Laufe den hinab; dann liegt
Linker Hand ein kleiner Tempel, und ein Gäßchen gleich daran,
Wo der große Feigenbaum noch steht.

Demea.

Ich weiß.

Syrus.

Da gehst du durch.

Demea.

25 Doch das Gäßchen hat ja keinen Durchgang.

Syrus.

Ja, bei'm Himmel! Ach,
Bin ich denn verrückt? Ich irrte. — Kehre zur Halle
wieder um:
Gehst doch hier um Vieles näher, und verirrst dich weniger.
Weißt du das Haus des reichen Cratinus?

Demea.

Freilich.

Syrus.

Bist du da vorbei,
Gehst du links hinab die Straße; wo Diana's Tempel ist,
30 Dreh dich rechts.   Noch vor dem Thore steht ein Mühlchen
hart am Teich,
Gegenüber eine Werkstatt: dort ist er.

Demea.

Was thut er da?

Syrus.

Ruhebettchen — für den Söller — eichene — hat er sich
bestellt.

Demea.

Wohl für euch, um da zu zechen? Schön! — Was zögr'
ich hinzugeh'n?

(ab.)

Vierte Scene.

Syrus allein.

Syrus.

Geh nur! Will dich heute hezen, altes Aas, wie du's verdienst!
Aeschinus bleibt lästig lang aus, und das Mittagsmahl verdirbt.
Ctesipho lebt ganz in seiner Liebe. Sorg' ich denn für mich,
Geh' hinein, und nasche, was ich kann, vom Leckersten mir heraus;
5 Dann verschlendr' ich, Becher schlürfend, ganz gemächlich
diesen Tag.

(ab.)

Fünfte Scene.

Micio. Hegio.

Micio.

Ich finde Nichts, warum ich hier so sehr zu loben wäre, Freund.
Ich thue Nichts als meine Pflicht; was wir gefehlt, das mach'
ich gut.
Du hast zu jenem Schlage mich doch nicht gezählt, der, wenn
man ihm

Vorhält ein Unrecht, das er selbst verübt, Unrecht zu leiden
wähnt,

5 Und noch Beschwerde führt? Du dankst mir, weil ich dies
nicht auch gethan?

Hegio.

Mit nichten! Anders hab' ich dich mir nie gedacht, als wie
du bist.

Doch geh mit mir, ich bitte dich, zu des Mädchens Mutter,
Micio,

Und Alles sage selbst der Frau, was ich gehört aus deinem
Mund:

„Sein Bruder, dem die Harfnerin gehöre, sei Schuld am
Verdacht."

Micio.

10 Wenn's dir so billig oder nöthig dünkt, so laß uns gehen!

Hegio.

Schön!

Denn ihr erleichterst du das Herz, die sich in Gram verzehrt
und Leid,

Und thust, was deine Pflicht gebeut. Doch wenn du andern
Sinnes bist,

Erzähl' ich, was du mir gesagt.

Micio.

Nicht doch; ich gehe mit.

Hegio.

So recht!

Die Leute, die das Glück nicht sehr begünstigt, sind — weiß
nicht warum —

15 Mißtrauisch, nehmen Alles leicht wie Kränkung auf, und
glauben stets

Um ihrer Unmacht willen sich geringgeschäzt, zurückgesetzt.

Drum wenn du selbst den Aeschinus rechtfertigst, wirst du
leichter dort

Die Frau'n versöhnen.

Micio.

Was du sagst, ist richtig und vollkommen wahr.

Hegio.

So folge mir denn ungesäumt in's Haus hinein!

Micio.

Von Herzen gern.

(Beide ab in Sostrata's Haus.)

Sechste Scene.

Aeschinus allein.

Aeschinus.

Mein Herz zerreißt! Daß solch ein Leid so unversehens über mich
Herstürzt: ich weiß nicht, was ich mit mir machen, was be=
ginnen soll!

Jegliches Glied lähmt mir die Furcht;
Bebend in bangen Schrecken

5 Starrt mir das Herz, und in der Brust
Will kein Entschluß
Sichern Bestand gewinnen.
Ach!
Wie wind' ich mich aus diesem Nez? Entsezlicher
Verdacht, der eben fällt auf mich,

10 Und nicht mit Unrecht! Sostrata
Glaubt, ich habe mir die Harfnerin gekauft; die Alte sagt' es.
Als ich sie von hier zur Wehfrau gehen sah, so trat ich gleich
Zu ihr, und frug nach Pamphila: ob ihre Stunde nahe sei,
Ob sie die Wehfrau hole. Geh nur, schrie sie, geh nur,
Aeschinus!

15 Du hast uns lang genug gefoppt, genug mit deinem Wort
getäuscht!

Was hast du? rief ich: ich bitte dich! „Geh, bleibe du bei
deinem Schaz!"

Gleich merkend, was ihr Argwohn sei, enthielt ich mich, der
Schwäzerin

Vom Bruder etwas kundzuthun; denn dann erführ' es alle
Welt. —

Was thu' ich? Sag' ich: sie gehört dem Bruder? Dies darf
nimmermehr

20 Verlauten. Nun, ich lass' es: möglich, daß es nicht zu Tage
kommt.

Dies eben, fürcht' ich, glaubt man nicht. Zu viel vereint
sich wider mich:

Ich raubte sie; ich zahlte selbst das Geld; zu mir ward sie
gebracht.

Bekenn' ich's, ich bin Schuld daran! O hätt' ich Alles,
wie's geschah,

Dem Vater mitgetheilt! Er hätte mir die Heirat nicht versagt.

25 Gezaudert hab' ich bis daher: jezt, Aeschinus, wach' endlich auf!
Vor Allem geh' ich, reinige mich vor ihnen: fort an ihre Thür!

(er tritt an die Hausthür der Sostrata)

Weh mir! Ich Armer schaudre stets, so oft ich hier anklopfen
will.

(er klopft an)

He! Holla! Ich bin's, — Aeschinus. Man öffne mir die
Thür! Geschwind!

(es klopft innen)

Ei, sieh! Da kommt, ich weiß nicht wer, heraus: ich will
bei Seite geh'n.

(er tritt bei Seite)

Siebente Scene.

Micio. Aeschinus.

Micio.
(zu Sostrata, indem er aus dem Hause tritt)

Ja, Sostrata, wie ich gesagt, so macht es! Ich will Aeschinus
Aufsuchen, um ihm kundzuthun, was hier besprochen worden
ist. —

Doch wer hat angeklopft?

Aeschinus.
(für sich)

Bei Gott, mein Vater! Weh mir!

Micio.
(rufend)

Aeschinus!

Aeschinus.
(für sich)

Was hat der Vater hier zu thun?

Micio.

Du pochtest hier?

(bei Seite)

5 Er schweigt. Ein Bischen neck' ich ihn. Weil er damit
Stets so geheim that gegen mich, hat er's verdient.

(laut)

Nun, sagst du Nichts?

Aeschinus.

Ich pochte nicht, so viel ich weiß.

Micio.

Auch wär' es seltsam, was du hier zu schaffen hast.

(bei Seite)

Gut steht's: er schämt sich.

Aeschinus.

Aber, Vater, sage mir:
10 Was hast du hier zu suchen?

Micio.

Gar nichts für mich selbst.
Mich nahm ein Freund so eben mit hieher vom Markt,
Ihm meinen Rechtsbeistand zu leih'n.

Aeschinus.
Worin?

Micio.
Vernimm.
In diesem Haus hier wohnen zwei blutarme Frau'n:
Du kennst sie nicht, vermuth' ich, — sicher nicht. Sie sind
15 Erst jüngst hiehergezogen.

Aeschinus.
Nun?

Micio.
Ein Märchen ist's
Mit seiner Mutter.

Aeschinus.
Weiter!

Micio.
Sie ist vaterlos.
Da jener Freund ihr nächster Vetter ist, so wird
Sie, dem Gesez nach, seine Frau.

Aeschinus.
(betroffen)
Weh mir!

Micio.
Was ist's?

Aeschinus.
Nichts! Richtig! Weiter!

Micio.

Der kam, sie zu holen, her:
20 Denn in Miletos wohnt er.

Aeschinus.
(erschrocken)

Sie zu holen? Was?

Micio.

Ja wohl!

Aeschinus.

Bis nach Miletos?

Micio.
Ja.

Aeschinus.
(für sich)

Wie wird mir? Weh!
(laut)

Und sie? Was sagen sie?

Micio.

Was meinst du? Sie sagen nichts.
Wohl sagt die Mutter, daß von einem andern Mann,
Wem weiß ich nicht, ein Kind da sei; sie nennt ihn nicht.
25 Der gehe vor; den Fremden dürfe sie nicht frei'n —

Aeschinus.

Nun? Scheint dir das am Ende nicht auch völlig recht?

Micio.

Nein!

Aeschinus.

Nein? Ich bitte, Vater! Und er führt sie weg?

Micio.

Gewiß! Warum nicht?

Aeschinus.

   Vater, das ist hart von euch,
Das find' ich unbarmherzig, ja, wofern ich's frei
30 Und ohne Rückhalt sagen darf, unehrenhaft.

Micio.

Warum?

Aeschinus.

   Du fragst? Wie, denkst du, wird dem Armen wohl
Zu Muthe sein, der früher Umgang pflog mit ihr,
Der jezt vielleicht noch (Jammer!) sie zum Sterben liebt, —
Sieht er mit eignen Augen, wie man sie von ihm
35 Wegreißt und fortführt? Vater, nein, unedel ist's!

Micio.

Wie so das? Wer verlobte sie? Wer gab sie ihm?
Wem ward sie angetraut und wann? Wer stimmte zu?
Was nahm er eine Fremde?

Aeschinus.

   Soll die mannbare
Jungfrau zu Hause sizen, bis ein Vetter kommt
40 Gott weiß woher? Dies, Vater, hätt'st du billig ihm
Erklären sollen, so zu rechten ziemte dir.

Micio.

Wie lächerlich! Ich sollte sprechen wider den,
Der mich zum Beistand wählte? Doch was kümmert's uns?
Was haben wir mit den Frauen? Laß uns geh'n! — Was
                                                 ist's?
45 Du weinst?

Aeschinus.

   O Vater, höre mich!

Micio.

Ich hörte, weiß schon Alles; denn
Ich liebe dich, und um so mehr liegt mir am Herzen, was
du thust.

Aeschinus.

O daß du deiner Liebe mich dein Lebenlang so würdig fänd'st,
Als dieses mein Vergehen mich von Herzen schmerzt und ich
vor dir
Mich schäme, Vater!

Micio.

Lieber Sohn, ich glaub' es; denn ich weiß, dein Herz
50 Ist edel; doch ich fürchte, du bist allzuleicht und unbedacht.
In welchem Staate glaubst du denn zu leben? Hast ein
Mädchen, das
Du nicht berühren durftest, schnöd' entehrt! Schon dieses
Eine war
Ein großer Fehler — allerdings, doch menschlich und ver=
zeihlich noch.
So that auch mancher Wackre schon. Doch sprich, nachdem's
geschehen war,
55 Hast du dich irgend umgeseh'n, dich vorgesehen, was, und
wie's
Geschehen sollte? Schämtest du dich selbst es mir zu sagen, wie
Sollt' ich's erfahren? Da du schwanktest, gingen die zehn
Monde hin.
So viel an dir lag, gabst du dich, das Mädchen und dein
Söhnchen preis.
Wie? Dachtest du, das würde dir im Schlaf von einem
Gott gewährt?
60 Man würde dir in dein Gemach sie führen ohne dein
Bemüh'n?

25 *

Wenn auch in andern Dingen du so sorglos wärst, es schmerzte
mich.

Doch getrost! Sie wird dir.

Aeschinus.
Was?

Micio.
Getrost nur, sag' ich.

Aeschinus.
Vater! Ach!

Willst du meiner spotten?

Micio.
Deiner? Ich? Warum?

Aeschinus.
Ich weiß es nicht;

Aber weil ich nichts so sehnlich wünsche, wird mir doppelt
bang.

Micio.

65 Geh und flehe zu den Göttern, um sie heimzuholen! Geh!

Aeschinus.

Wie? Schon jezt?

Micio.
Ja.

Aeschinus.
Jezt?

Micio.
Ja, jezt, so schnell du kannst.

Aeschinus.
Ha! Mögen mich

Allesammt die Götter hassen, wenn du mir, mein Vater, nicht
Theurer bist, als meine Augen!

Micio.
Theurer auch, als Pamphila?

Aeschinus.

Gleich theuer.

Micio.

Allzu gütig!

Aeschinus.

Doch — wo blieb der Bürger aus Milet?

Micio.

70 Ist gestorben — ist verdorben — fortgeschifft! — Du zauderst?

Aeschinus.

Geh,

Vater, flehe du die Götter an; sie werden sicherlich
Dir, dem ungleich bessern Manne, mehr als mir zu Willen
sein.

Micio.

Ich besorg' im Haus, was noth ist.   Wenn du klug bist, folgst
du mir.

(ab.)

Achte Scene.

Aeschinus allein.

Was soll ich dazu sagen? Heißt das Vater, heißt das Sohn
sein?
Wär' er mir Bruder oder Freund, wie thät' er größre Liebe
mir?
Nicht lieben sollt' ich solchen Mann, ihn nicht im Herzen tragen?
So wird bei seiner Güte mir nur bange, daß ich einmal
5 Unwissend thue, was ihn kränkt; mit Wissen thu' ichs niemals.
Doch schnell hinein, daß ich mir selbst die Hochzeit nicht verzögre!

(ab.)

Neunte Scene.

Demea allein.

Demea.

Ganz matt bin ich vom Laufen: daß dich Jupiter
Vertilgte, Syrus, dich mit deiner Fopperei!
Durchkrochen hab' ich die ganze Stadt, am Thor, am Teich;
Wo nicht?. Doch nirgend eine Werkstatt; und kein Mensch
5 Sah meinen Bruder. Aber jezt ist mein Entschluß,
Am Haus mich festzusezen, bis er wiederkommt.

Zehnte Scene.

Micio tritt aus dem Hause. Demea.

Micio.
(für sich)

Jezt sag' ich den Frauen, Alles sei bei uns bereit.

Demea.

Hier ist er ja! — Schon lange, Micio, such' ich dich.

Micio.

Was gibt es?

Demea.

Andre, grause Frevel meld' ich dir
Von unserm saubern Jungen.

Micio.

Seht doch!

Demea.

Unerhört!

5 Hochpeinlich!

Micio.

Gott! Ich weiß —

Demea.

Du weißt nicht, wie er ist.

Micio.

Doch!

Demea.

Armer Thor, du träumst, ich meine die Harfnerin:
Der Frevel ward an einem Bürgerkind verübt.

Micio.

Ich weiß.

Demea.

Du weißt's und duldest's?

Micio.

Warum nicht?

Demea.

Sage mir,
Du schreist nicht, wirst nicht rasend?

Micio.

Nein. Ich wünschte zwar —

Demea.

10 Sie hat ein Kind —

Micio.

Gott segn' es!

Demea.

Ist vermögenslos.

Micio.

So hör' ich.

Demea.

Ohne Mitgift muß er sie —

Micio.

Gewiß!

Demea.

Was soll es werden?

Micio.

Was sich ganz von selbst versteht:
Man bringt das Mädchen in unser Haus.

Demea.

O Jupiter!

So muß es gehen?

Micio.

Was vermag ich sonst zu thun?

Demea.

15 Sonst? Ist es dir nicht wirklich leid, so solltest du
Als Mensch dich doch so stellen.

Micio.

Ich verlobte sie
Bereits; die Sach' ist richtig; bald wird Hochzeit sein;
Die Furcht benahm ich ihnen; das ist menschlicher.

Demea.

Doch sprich: gefällt dir die Geschichte, Micio?

Micio.

20 Nein, wenn ich's ändern könnte; jezt ergeb' ich mich,
Weil ich es nicht kann, mit Gelassenheit darein.
Ist doch des Menschen Leben, wie ein Würfelspiel;
Wenn nicht der Wurf fällt, den man eben braucht, so muß
Die Kunst den Wurf verbessern, der nun einmal fiel.

Demea.

25 Du Besserer! Zwanzig Minen sind durch deine Kunst
Zum Henker für die Harfnerin; die mußt du doch
Jezt irgendwie loswerden, so geschwind du kannst,
Und unentgeldlich, wenn sie Niemand kaufen will.

Micio.

Ich muß sie nicht verkaufen, denk' auch nicht daran.

Demea.

30 Was thust du denn?

Micio.

Sie bleibt im Hause.

Demea.

Götter! Wie?

Ehfrau und Meze hausend unter Einem Dach?

Micio.

Warum nicht?

Demea.

Bist du bei Verstand?

Micio.

Ich hoff' es noch.

Demea.

Gott helfe mir! Versteh' ich deinen Aberwiz,
So thust du's, glaub' ich, daß du singen kannst mit ihr.

Micio.

35 Warum nicht?

Demea.

Und die junge Frau lernt's auch?

Micio.

Gewiß!

Demea.

Du tanzest zwischen beiden dann den Ringelreih'n?

Micio.

Und du mit uns, wenn's nöthig ist.

Demea.

Gerechter Gott!

Du schämst dich nicht?

Micio.

Nun laß doch endlich, Demea,
Dein ewig Poltern! Zeige dich bei deines Sohns
40 Hochzeit vergnügt und wohlgemuth, wie sich's gebührt.
Ich will mit ihnen drinnen Eins und Andres noch
Bereden, bin dann wieder hier.

(ab.)

Elfte Scene.

Demea allein.

Demea.

O Jupiter!
Welch Leben! Welche Sitten! Welch ein Aberwiz!
Ein Weib, vermögenslos! Im Haus die Harfnerin!
Aufwand in allen Ecken! Ueppig, liederlich
5 Der Junge! Toll der Alte! Wollte dieses Haus
Des Heiles Göttin retten, selbst sie könnt' es nicht.

Fünfter Act.

Erste Scene.

Syrus kommt angetrunken aus dem Hause. Demea.

Syrus.
(ohne den Demea zu bemerken)

Syruschen, ja, du hast dir weidlich wohlgethan,
Hast deinen Posten ausgefüllt, wie sich's gebührt.
Recht! Jezt, nachdem ich drinnen mich ganz satt geschmaust,
Behagt mir's, hier herauszuschlendern.

Demea.
                    Ei, da sieh
5 Ein Muster guter Schule!

Syrus.
              Schau, mein Alter hier!
(zu Demea)
Wie steht's? Warum so finster, Herr?

Demea.
                    Nichtswürdiger!

Syrus.
Ha, Mann der Weisheit! Redest hier in den Wind hinaus.

Demea.
Du, wenn du mein wärst —

Syrus.

Demea, dann wärst du reich,
Und ständ'st auf festen Füßen.

Demea.
(in der unterbrochenen Rede fortfahrend)
Allen solltest du

10 Zum Beispiel dienen!

Syrus.

Was verbrach ich denn?

Demea.

Du fragst?
Gerad' im Wirrwarr, wo das ärgste Schelmenstück
Kaum halb gesühnt ist, soffst du, Kerl, als kämst du heim
Im Siegeszuge.

Syrus.
(für sich)
Wär' ich hier nur nicht heraus!

Zweite Scene.

Demea. Syrus. Dromo.

Dromo.
(tritt aus Micio's Haus)
He, Syrus! Ctesipho bittet dich zu kommen.

Syrus.
(ihn abweisend)
Geh!

Demea.

Was spricht denn der von Ctesipho?

Syrus.
Nichts.

Demea.

He, du Schuft!

Ist Ctesipho zu Hause?

Syrus.

Nein.

Demea.

Was nennt ihn der?

Syrus.

Es ist ein Andrer, so ein klein Schmarozerchen.
5 Du kennst ihn?

Demea.

Werde seh'n.
(will in's Haus)

Syrus.
(hält ihn)

Wohin du?

Demea.

Laß mich geh'n!

Syrus.
(hält ihn fest)

Nein, sag' ich, bleibe!

Demea.

Weg die Hand, du Galgenbrand!
Ich schlage dir den Schädel ein.
(Syrus läßt ihn los. Demea ab in's Haus)

Syrus.
(ihm nachsehend)

Fort ist er! Ha!
Fürwahr, ein ungebet'ner, ungeleg'ner Gast,
Für Ctesipho besonders! Jezt — was fang' ich an?
10 Bis hier der Sturm sich legte, schleich' ich irgendwo
In einen Winkel, schlafe da mein Räuschchen aus.
So mach' ich's, ja!

(ab.)

Dritte Scene.

Micio; dann Demea.

Micio.

(tritt aus dem Hause der Sostrata, und spricht zu ihr hinein)

Bei uns ist Alles, Sostrata, wie gesagt, bereit,
Sobald du willst.

(es wird in Micio's Hause stark geklopft)

　　　　Wer pocht an meine Thür so stark?

Demea.

(stürzt wüthend aus Micio's Hause)

Was beginn' ich? Was thu' ich? Schrei' ich oder klag' ich?
　　　　　　　　Ha!
O Himmel, Erde, Meer Neptuns!

Micio.

　　　　　Da haben wir's!
5 Er weiß den ganzen Handel; darum schreit er so.
Nun geht der Zank los: ich muß helfen.

Demea.

　　　　　　　　Ha, da steht
Der Schalk, der beide Söhne mir verpestet hat!

Micio.

Einmal bezähme doch die Wuth, und komm zu dir.

Demea.

Ich that's — bin bei mir — mir entfährt kein hartes Wort:
10 Jezt nur zur Sache! Wurden wir nicht eins — und du
Gabst selbst es an — du solltest dich um Meinen nicht,
Ich nicht um Deinen mich kümmern?

Micio.

　　　　　　Wohl: ich läugn' es nicht.

Demea.

Was zecht er jezt bei dir? Warum herbergst du ihn?
Was kaufst du ihm die Dirne, Micio? Sollte nicht
15 Das gleiche Recht mir ebenso zusteh'n, wie dir?
Da Deiner mich nicht kümmert, laß du Meinen geh'n!

Micio.

Du sprichst unbillig.

Demea.

Meinst du?

Micio.

Ja; denn Alles ist
Gemeinsam unter Freunden, sagt der alte Spruch.

Demea.

Wie sinnig! Jezt erst fällt der weise Spruch dir ein?

Micio.

20 Nur wenig Worte, wenn es dir nicht lästig ist.
Wenn das dir wurmt, daß unsre Söhne, Demea,
So viel verschwenden, dann bedenke dieses nur:
Du wolltest sie mit eignen Mitteln einst erzieh'n,
Weil dein Vermögen dir genug für beide schien.
25 Du dachtest damals sicher, ich verehlichte
Mich noch. Der alten Regel bleibe denn getreu:
Erwirb, erhalte, spare, daß sie einst von dir
So viel wie möglich erben, den Ruhm sichre dir:
Das Meine laß sie brauchen, das dir unverhofft
30 Zufällt; so geht vom Capital nichts ab, und was
Von mir dazukommt, achte dies nur als Gewinn.
Sieh, wenn du das dir ernstlich überlegen willst,
Wird mir und dir und ihnen viel Verdruß erspart.

Demea.

Nichts mehr von Geld! Doch ihre Lebensart —

Micio.

Gedult!

35 Da wollt' ich hin. Im Menschen gibt es, Demea,
Der Zeichen viel, woraus sich unschwer Schlüsse zieh'n,
Daß man, wo Zwei dasselbe thun, oft sagen kann:
Der Eine thut es ungestraft, der Andre nicht.
Die That ist nicht verschieden, nur die Thäter sind's.
40 Was ich an ihnen sehe, zeigt: sie werden einst,
Wie wir sie wünschen. Klug, gescheidt sind sie, — wo's
                     ziemt,
Voll Scheu, sie lieben beide sich; man sieht, ihr Geist,
Ihr Herz ist edel. Wann du willst, du führst sie leicht
Zur Pflicht zurück. Doch bangt dir, daß sie mit dem Geld
45 Nicht recht zu Rathe gehen. O mein Demea,
Für alles Andre machen uns die Jahre klug,
Nur diesen Einen Fehler bringt das Alter mit:
Wir seh'n genauer auf das Geld, als billig. Auch
Sie wird das Alter schleifen.

Demea.

Wenn nur, Micio,
50 Da deine schönen Säze, dein gemüthliches
Zuseh'n am End' uns nicht zu Grunde richten!

Micio.

Still!
's wird nicht gescheh'n. Jezt laß das! Schenke dich heute mir!
Entfurche deine Stirne!

Demea.

Nun, so will's die Zeit;
Ich muß wohl. Aber morgen geht's auf's Land mit ihm
55 Bei'm ersten Strahl!

Micio.

Nein, lieber, mein' ich, noch bei Nacht.
Nur heute mache dich munter!

Demea.

Und die Harfnerin
Schlepp' ich zugleich mit mir dahin.

Micio.

Vortrefflich! Schön!
So fesselst du den Jungen dort ganz sicher an.
Nur mache, daß du sie behältst.

Demea.

Da sorg' ich selbst.
60 Die soll mir schon vom Kochen und vom Mahlen dort
Voll Asche werden, voller Rauch und Mehl, dazu
Mir Aehren lesen in der Mittagshize, daß
Sie dürr und schwarz wie eine Kohle wird.

Micio.

So recht!
Jezt kommst du mir gescheidt vor, und ihn zwäng' ich dann,
65 Mit ihr, auch wider seinen Wunsch, zu Bett zu geh'n.

Demea.

Du spottest? Glücklich, daß du solche Laune hast!
Ich fühl's —

Micio.

Du fängst schon wieder an?

Demea.

Ich schweige schon.

Micio.

So komm, und laß uns, wie's geziemt, den Tag begeh'n!

(ab.)

Donner, Publius Terentius.   26

Vierte Scene.

Demea allein.

Demea.

Nie hat noch ein Mensch die Rechnung seines Lebens so
                                        gemacht,

Daß nicht Schicksal, Alter, Erfahrung immer etwas Neues
                                        bringt,

Neues lehrt, so daß du nicht weißt, was du wohl zu wissen
                                        glaubst,

Und, was dir das Beste dünkte, bei der Anwendung verwirfst.

5 Also geht's auch mir. Das harte Leben, das ich seither
                                        führte,

Geb' ich auf am Ziel der Bahn. Warum? Das Leben
                                        lehrte mich,

Daß dem Menschen Nichts so frommt als Sanftmuth und
                                        Gelindigkeit.

Daß dies wahr, kann Jeder leicht an mir und meinem Bruder
                                        seh'n.

Der verbrachte seine Zeit in Müßiggang, in Gasterei'n;

10 Sanft und gütig, kränkt er Niemand in's Gesicht, lacht
                                        Allen zu,

Lebt für sich, bezahlt für sich nur: Alle loben, lieben ihn.

Ich, ein Landmann, rauher Sitte, finster, karg, griesgrämig, zäh,

Nahm ein Weib. Welch Herzeleid erlebt' ich! Kinder kamen.
                                        Ach!

Neue Qual! Und ach, indeß ich kämpfte, möglichst viel für sie

15 Aufzuspeichern, rann in Mühen meine Lebenszeit dahin.

Jezt — an meinem Ziele — wird mir als die Frucht für
                                        meine Mühe

Haß, und er sieht ohne Mühe sich umblüht von Vaterglück.
Beide lieben ihn, mich flieh'n sie, halten Nichts geheim vor
ihm,
Suchen ihn auf, sind um ihn stets, während ich verlassen bin,
20 Wünschen ihm ein langes Leben, lauern stets auf meinen Tod.
So hat er, was ich mit großer Müh' erzog, für wenig Geld
Sich gewonnen: alles Leid trifft mich, die Freuden sind für ihn.
Auf, (er fordert mich heraus,) versuch' ich jezt das Gegentheil,
Ob ich gleichfalls freundlich reden und den Gütigen spielen
kann.
25 Ich verlang' auch Lieb' und Achtung von den Meinen. Wird
mir dies
Nur durch Schenken und Willfahren, werd' ich nicht der Lezte
sein.
Fehlt es dann —? Das schiert mich wenig, weil ich doch
der ält'ste bin.

Fünfte Scene.

Demea. Syrus.

Syrus.

He, Demea! Dein Bruder bittet dich, du mögst
Dich nicht zu weit entfernen.

Demea.

Wer ruft hier? — Aha!
Willkommen, Syrus, unser Freund! Wie geht's? Wie steht's?

Syrus.

Gut!

Demea.
(bei Seite)

Trefflich! Schon drei Worte fügt' ich jezt hinzu

26*

Ganz wider meine Gewohnheit: „Freund!" „Wie geht's?"
                         „Wie steht's?"

(laut)

5 Als wackern Diener zeigst du dich: gern möcht' ich dir
Gefällig werden.

Syrus.

Schönen Dank!

Demea.

                 Ich red' im Ernst,
Und nächster Tage, Syrus, zeigt es dir die That.

Sechste Scene.

Geta. Demea. Syrus.

Geta.
(in der Thüre der Sostrata)

Will drüben nachseh'n, Herrin, ob sie bald die Braut
Abholen. — Sieh da, Demea! Willkommen!

Demea.

                       Ah!

Dein Name?
Geta.
      Geta.

Demea.

         Geta, heut hab' ich erprobt,
Daß du ein Mensch von allergrößtem Werthe bist.
5 Denn sicher hat der Sklave sich bei mir bewährt,
Der, Geta, so für seine Herrschaft sorgt, wie du.
Gern möcht' ich, wenn Gelegenheit sich bietet, dir
Gefällig sein.

(bei Seite)

         In Freundlichkeiten üb' ich mich,
Und trefflich geht's.

Geta.

Für solche Meinung dank' ich schön.

Demea.
(bei Seite)

10 So nachgerade mach' ich mir das Volk zum Freund.

Siebente Scene.

Aeschinus. Demea. Syrus. Geta.

Aeschinus.
(ohne den Demea zu sehen)

Sie tödten mich, sie wollen gar zu feierlich
Die Hochzeit rüsten, und so geht der Tag darauf.

Demea.

Wie geht es, Aeschinus?

Aeschinus.

Ah, mein Vater! Warst du hier?

Demea.

Ja wohl, dein Vater durch Gesinnung und Natur,
5 Der mehr dich liebt, als seine Augen! Doch warum
Holst du die Braut nicht?

Aeschinus.

Thät' es gern; doch halten mich
Das Flötenspiel, der Hochzeitsreigen auf.

Demea.

Abah!

Willst du mich Alten hören?

Aeschinus.
Nun?

Demea.

Weg all das Zeug:
Den Lärm, den Hochzeitsreigen, Fackeln, Flötenspiel!

10 Laß nur die Mauer im Garten niederreißen, — flugs!
Da hole sie herüber! Ein Haus soll es sein!
Bring' auch die Mutter samt dem Hausgesinde!

Aeschinus.

Schön!

Mein liebster Vater!

Demea.
(bei Seite)

Bravo! „Liebster" heiß' ich schon.
Des Bruders Haus wird hinten offen; Gäste führt
15 Er ein die Menge: das kostet Geld! Was kümmert's mich?
Ich heiße ja „Liebster", ernte Dank! Nun zahle nur
Der Babylonier seine zwanzig Minen aus!
(laut)
Du, Syrus, wird's bald?

Syrus.
Was denn?

Demea.

Reiße die Mauer ein!

Geh, führe sie herüber!

(Syrus ab.)

Geta.
Daß die Götter dir's

20 Vergälten, da du's, Demea, mit unserm Haus
So herzlich wohl meinst!

Demea.
Wahrlich, sie verdienen's auch!
(zu Aeschinus)

Was meinst du?

Aeschinus.
Ganz so denk' ich auch.

Demea.

Viel besser so,
Als daß die kranke Wöchnerin die Straße jezt
Dahergeführt wird.

Aeschinus.

Unvergleichlich, Väterchen.

Demea.

25 So halt' ich's stets. Doch sieh da, Micio tritt heraus.

Achte Scene.

Micio. Aeschinus. Demea.

Micio.

Mein Bruder will's? — Wo steckt er? — Willst du's,
Demea?

Demea.

Ja freilich will ich, daß wir uns in diesem Stück
Und sonst mit diesem Hause ganz vereinigen,
Es ehren, fördern, an uns zieh'n.

Aeschinus.
(zu Micio)

Ach, Vater, ja.

Micio.

5 Ich will's nicht anders.

Demea.

Ja, so paßt es sich für uns.
Denn erstens ist sie Mutter seiner Braut.

Micio.

Und dann?

Demea.

Bescheiden, brav.

Micio.

So heißt es.

Demea.

Auch bei Jahren schon.

Micio.

Ich weiß.

Demea.

Um Mutter zu werden, ist sie längst zu alt_
Kein Mensch beachtet die Verlaß'ne.

Micio.
(für sich)

Was hat der?

· Demea.

10 Die mußt du freien;

(zu Aeschinus)

du mußt helfen, daß er's thut.

Micio.

Was? Ich sie frei'n?

Demea.

Ja.

Micio.

Ich?

Demea.

Ja, du!

Micio.

Du faselst.

Demea.
(leise zu Aeschinus)

Machst du's recht gescheidt,
Er thut's.

Aeschinus.
(schmeichelnd)

Mein Vater!

Micio.

Esel du! Du hörst auf den?

Demea.

Es hilft dir nichts;
Du kannst nicht anders.

Micio.

Bist du toll?

Aeschinus.

Laß dich erbitten, Väterchen!

Micio.

Du bist verrückt: fort!

Demea.

Thu's dem Sohn zuliebe!

Micio.

Bist du recht im Kopf?

15 Ich soll, ein Fünfundsechziger, ein junger Ehmann werden, soll
Ein abgelebtes Mütterchen frei'n? Mir könnt ihr so was
rathen, mir?

Aeschinus.

Ich hab's versprochen: thu's!

Micio.

Versprochen? Schenke, was dein eigen ist!

Demea.

Was thät'st du, bät' er Größres noch?

Micio.

Als gäb' es etwas Größeres!

Demea.

Thu's ihm zuliebe!

Aeschinus.

Weigre dich nicht!

Demea.

Versprich es!

Micio.

Laßt ihr noch nicht ab?

Aeschinus.

20 Nein, bis du ja sagst!

Micio.

Das ist ja Gewalt.

Demea.

Sei willig, Micio!

Micio.

So toll, verkehrt und ungereimt und meiner Lebensweise fremd
Die Sache scheint: es sei darum, wenn ihr so sehr es wünscht!

Aeschinus.

O schön!

Demea.

Ich muß dich lieben. Aber —

Micio.

Nun?

Demea.

Nun, weil du meinem Wunsch dich fügst —

Micio.

Was nun? Was gibt's noch?

Demea.

Hegio ist ihr nächster Anverwandter, uns
25 Verschwägert, er ist mittellos: ihm müssen wir was Liebes thun.

Micio.

Und was?

Demea.

Du hast ein kleines Gut, das du verpachtest, vor der Stadt:
Gib's ihm zur Nuzung.

Micio.

Wie? So klein?

Demea.

Und wär's auch groß, ihm wird's mit Recht.

Vertritt er ihr den Vater doch, er ist so brav, ist unser
Freund,

Und endlich mach' ich mir das Wort zu eigen, das du, Micio,

30 So schön und weise jüngst gesagt: „ein allgemeiner Fehler ist's:

Wir seh'n im Alter allzusehr auf's Geld." Vor diesem Flecken
laß

Uns flieh'n! Das Wort ist wahr, so werd' es nun zur That!

Micio.

Das freut mich recht.

Was thun? Ich geb's, wenn der es wünscht.

(auf Aeschinus deutend)

Aeschinus.

Mein Vater, ja.

Demea.

(zu Micio)

Jezt bist du, wie dem Leibe, so der Seele nach, mein Bruder.

(bei Seite)

Den

35 Schlag' ich mit seiner eignen Wehr.

Neunte Scene.

Syrus. Demea. Micio. Aeschinus.

Syrus.

(zu Demea)

Was du gebotest, ist gescheh'n.

Demea.

(zu Syrus)

Bist ein wackrer Bursch! Fürwahr, nach meiner Meinung ist
es billig,

Daß man heute Syrus freiläßt.

Micio.

Syrus freiläßt? Und warum?

Demea.

Vieler Gründe wegen.

Syrus.

O mein Demea, du bist so gut!

5 Sorgsam hab' ich euch die Beiden von der Kindheit an gepflegt,
Lehrte, mahnte, wies, so weit ich konnte, sie zum Guten an.

Demea.

's liegt am Tag! Auch Andres noch: bei'm Speiseneinkauf
nichts veruntreu'n,
Dirnen holen, Gastgelage schon am hellen Tage rüsten, —
Zeugt von keinem ganz gemeinen Menschen.

Syrus.

Allerliebster Mann!

Demea.

10 Endlich war er heute Helfer bei dem Kauf der Harfnerin;
Er besorgt' es: das belohnt man billig, auch als Sporn
für Andre;
Und zulezt — will's dieser.
(auf Aeschinus deutend)

Micio.
(zu Aeschinus)
Wirklich? Willst du's?

Aeschinus.

Ja.

Micio.

Wenn du es willst —

Syrus, tritt zu mir heran:
(indem er ihn berührt)
sei frei!

Syrus.

O schön! Euch allen hier
Fühl' ich mich zu Dank verpflichtet, und zumal dir, Demea.

Demea.

15 Wünsche Glück!

Aeschinus.

Auch ich.

Syrus.

Ich glaub' es. Wäre nur mein Glück vollkommen,
Dürft' ich Phrygia, meine Frau, doch freigelassen seh'n mit mir!

Demea.

Eine wackre Frau!

Syrus.

Und heute hat sie deinem Enkelchen,
Dessen Sohn,
(auf Aeschinus deutend)
die erste Brust gereicht.

Demea.

Im Ernste? Hat sie das?
Ist's an dem, dann ohne Zweifel muß sie frei sein, unbedingt.

Micio.

20 Darum?

Demea.

Darum! Was sie werth ist, das empfängst du dann
von mir.

Syrus.

(zu Demea)
Daß dir alle Götter alle Wünsche stets erfüllten, Herr!

Micio.

Syrus, heute kamst du schön voran!

Demea.

Im Fall du, Micio,

Fürder thust, was deine Pflicht ist, ihm ein wenig baares Geld

Gibst zur Nothdurft — — bald bezahlt er's wieder.

Micio.

Keinen Pfennig, traun!

Demea.

25 Er ist brav.

Syrus.

Ich zahl' es wieder; gib nur!

Aeschinus.
(schmeichelnd)

Thu's doch!

Micio.

Werde seh'n.

Demea.

Wird's schon thun.

Syrus.
(bittend)

Mein bester Herr!

Aeschinus.

Mein liebster Vater, thu' es doch!

Micio.
(zu Demea)

Was ist das? Was hat dein Wesen so mit Einmal umgestimmt?
Welche Sucht? Woher so plözlich diese Schenklust?

Demea.

Höre mich!

Zeigen wollt' ich, wenn du diesen gut und liebenswürdig scheinst,

30 Daß sich das nicht stüzt auf Wahrheit, nicht auf Recht und Billigkeit,

Nein, weil du jasagst zu Allem, Nachsicht übst und Spenden
machst.

Also kurz: wenn mein Gebahren euch verhaßt ist, Aeschinus,
Weil ich nicht in Allem — Unrecht oder Recht — zu Willen bin;
Sei es drum, fahrt hin, verschleudert, kaufet, thut, was
euch gefällt!

35 Wollt ihr aber, daß ein Mann euch — wo ihr noch als
Jünglinge

Minder klar seht, allzu heftig wünscht, zu wenig überlegt —
Mahnt, zurechtweist, auch mitunter Nachsicht übt am rechten
Ort:

Seht, dazu bin ich bereit!

Aeschinus.
Dir, Vater, stellen wir's anheim.
Besser weißt du, was uns noth thut. — Doch was soll der
Bruder?

Demea.
Er

40 Habe sie, doch als die Lezte!

Micio.
So gefällt mir's.
(an die Zuschauer)
Klatschet nun!

———•◆•———

Anmerkungen zu den Brüdern.

Prolog.

B. 6. Diphiles von Sinope, neben Menandros, Apollodoros und Philemon einer der ersten Meister der neuen Komödie. Er lebte fast um dieselbe Zeit mit Menandros (320 v. Chr.). Seine Lustspiele waren reich an Sentenzen und von solcher Lieblichkeit und Anmuth, daß ein Kunstrichter des Alterthums, Athenäos, ihn den „sehr süßen" nennt. Wir haben von ihm noch einzelne Bruchstücke, die weder an Zahl noch an Umfang unbedeutend sind.

Synapothneskontes, die „Zusammensterbenden," commorientes, wie Plautus es übersetzt hat. Von der lateinischen Uebersetzung dieses griechischen Stückes, welche Terenz hier dem Plautus zuschreibt, während Varro (nach Gellius 3, 3.) sie dem Plautus absprach, und den Aquilius als Verfasser bezeichnete, ist nur noch ein unbedeutendes Bruchstück übrig.

15. Aus der Art, wie der Dichter sich hier gegen den Vorwurf vertheidigt, daß er fremde Arbeit unter seinem Namen herausgebe, und daß einige der edelsten Männer Roms, wie Scipio und Lälius, Antheil an seinen Schauspielen hätten, will man schließen, daß diese Beschuldigung nicht so ganz grundlos gewesen sein müsse. Ohne diese Beihülfe, sagt man, sei es unbegreiflich, wie ein Karthager in so kurzer Zeit sich die ganze Grazie einer so schweren Sprache, wie die römische, habe zu eigen machen können. Aber aus allen Umständen erhellt, daß Terenz in seinen frühesten Jahren nach Rom

gekommen ist, so daß ihm seine africanische Geburt bei Er=
lernung der römischen Sprache schwerlich Eintrag thun konnte.
Ueberhaupt mag wohl der ganze Vorwurf bloße Erdichtung
hämischer Nebenbuhler gewesen sein, eine Meinung, die schon
der französische Kritiker Guyet ausgesprochen hat. Haec,
sagt er, ab aemulis invidiose dicta in Terentium videntur:
credibile est enim, eum illorum sapientissimorum hominum
judicio potius in comoediis suis recensendis, quam opera
in componendis, usum, quam rem tamen hic eorum
gloriae favens ambiguam auditori relinquere maluit.

V. 23. Die Greise sind theils Micio allein in seinem Monolog in
der ersten Scene, theils Micio und Demea in der zweiten
Scene, wo Beide zusammen die Grundlage des Stückes ent=
wickeln, und dasjenige vorbringen, was dazu dient, die
eigentliche Handlung des Stückes begreiflich zu machen.

Erster Act.

Erste Scene.

V. 1. Micio ruft den Storax, einen der Sklaven, die er dem
Aeschinus entgegengeschickt hatte; da dieser nicht antwortet,
so schließt er daraus, daß weder Aeschinus selbst, noch einer
der Sklaven von dem Gastmahl, welches Aeschinus den Abend
vorher gefeiert hat, zurückgekehrt sei. Aeschinus unternahm
nämlich am Morgen, ungefähr zu derselben Zeit, wo jetzt
Micio spricht, den Sturm auf das Haus des Kupplers. Daß
auch keiner der Sklaven, welche ihm entgegengegangen waren,
zurückgekehrt sei, scheint deßwegen erwähnt zu werden, um
anzudeuten, daß sie Aeschinus zur Ausführung seines Angriffs
auf das Haus des Kupplers zurückbehalten habe. Entgegen=
geschickt wurden diese den jungen Leuten, theils um sie in
ihrer Trunkenheit, welche gewöhnlich Folge dieser bis zum
Morgen ausgedehnten Gelage war, zu schützen, theils um
ihnen bei vielleicht entstehenden Händeln beizustehen. Sie
führten den besonderen Namen: Entgegengeher (adver-
sitores). Benfey.

V. 29. „Mein Recht," als Vater meine väterliche Gewalt stets geltend
zu machen.

Zweite Scene.

V. 2. Der Sinn ist: so lange Aeschinus bei dir im Hause ist, kannst
du auch noch fragen, warum ich finster aussehe?

= 16. Dieses sagt Demea, indem er den Micio mit zornflammenden
Augen anblickt (ardentibus in Micionem oculis). Donatus.

= 18. „Ein unerfahrner Mensch" wird Demea von Micio genannt,
insofern er, auf dem Lande lebend, unbekannt mit den Sitten
bleibt, die in der Stadt gelten, und die Art, wie er in der
Jugend lebte, für die einzig richtige hält. Hoc enim, bemerkt
Donatus, proprium rusticorum est atque imperitorum.

= 30. „dich hinausgeschafft", d. i. dich begraben hat.

= 31. Mit dem verächtlichen Ausdruck „Mensch" hebt Demea gleichsam
die Verwandtschaft auf (tu homo dicens, negat illi familia-
ritatem). Donatus.

= 39. „Wenn ich ihm kein Geld mehr gebe, so wird er „vielleicht"
von der Hetäre nicht mehr aufgenommen." Der eitle Vater
denkt sich den Fall als möglich, daß sein liebenswürdiges
Söhnchen auch unentgeltlich Aufnahme finden werde.

= 43. „Entweder höre auf zu zanken, oder laß den ersten besten
Mann zwischen uns Schiedsrichter sein, und ich will dir
zeigen, daß dein Benehmen hiebei viel fehlerhafter ist."

= 46. „Dich hat die Natur zu seinem Vater gemacht, mich mein
Rath, d. i. die Anleitung, die Erziehung, die ich ihm gebe."
Consiliis und consulis (V. 47) ist ein Wortspiel.

= 51. „Wenn du dich um Beide bekümmern wolltest, so wäre dies
fast eben so viel, als wenn du den wieder von mir zurück-
forderst, den du mir an Sohnesstatt übergeben hast."

= 56. „Du willst mir nicht glauben? Meinst du, daß ich mein Wort
breche? Fordre ich ihn denn wieder zurück? Es ist mir schmerz-
lich, daß Aeschinus so zu Grunde gehen soll. Geht er mich
doch nahe genug an; ich bin kein Fremder, daß ich in gar
nichts reden dürfte. Doch — ich will aufhören! Du verlangst,
daß ich nur um den Einen mich bekümmern soll."

Dritte Scene.

B. 16. Das Leben der Alten beschränkte sich weniger auf das Haus, wie das unsrige; und insbesondere war der Markt der gewöhnliche Versammlungsplaz, so daß man Jeden eher auf dem Markte als sonst irgendwo finden konnte. Daher Suchende gewöhnlich in den Komödien nach dem Markte gehen. Benfey.

Zweiter Act.

Erste Scene.

B. 5. „Noch einmal." Vgl. 1, 2, 9 f.

= 7. „Ich bin ein Kuppler," leno. Leno bezeichnet eigentlich einen Sklavenhändler, vornehmlich Einen, der mit Sklavinnen handelte, die er auf jede Weise in seine Gewalt zu bringen suchte. Daher die Bedeutung Kuppler, weil dieses Gewerbe meistentheils mit dem ersten verbunden war. Da jener Handel wegen der hohen Abgaben, die dafür an den Staat entrichtet werden mußten, dem Staate großen Vortheil brachte, so waren die Kuppler durch besondere Geseze gegen Beleidigungen geschüzt, denen sie bei ihrem Gewerbe leicht ausgesezt waren.

Zweite Scene.

B. 1. „Bist du hier König?" ein gehässiger Vorwurf in einem demokratischen Staate, wie Athen.

= 8. In Athen (und in Rom nach der lex Porcia) durfte kein Freier mit Riemen oder Ruthen gepeitscht werden.

- 20. Aeschinus droht dem Sannio mit einer furchtbaren Klage: daß er eine Freigeborene als Sklavin verkaufe. Gewann Aeschinus einen solchen Proceß, so war der Kuppler ein ruinirter Mann. Daher sucht Aeschinus ihn durch Furcht vor dieser calumniösen Klage zu bewegen, sein Anerbieten anzunehmen. Eine Hauptfolge dieser Klage war, daß der Sklave bis nach ausgemachter Sache frei blieb. Benfey.

Dritte Scene.

V. 5. „Weil er mir schon so viel vorauszahlte", d. i. weil er bisher ein so guter Kunde von mir war, und mir manches Stück Geld zuwandte.

Vierte Scene.

V. 2. Syrus, der zwischen seinem Herrn und dem Kuppler den Vergleich schließen will, nennt diesen artig bei seinem Namen, während Aeschinus ihn nur Kuppler nannte. Donatus.

= 9. „Von deinem Recht," das Mädchen nicht dem Aeschinus zu verkaufen.

= 11. „Ich kaufe Hoffnung nicht um Geld", d. i. ich lasse mich nicht mit leeren Hoffnungen bezahlen.

= '16. Auf Cypern, der bekannten, der Venus heiligen Insel, ward mit Hetären, Eunuchen und ähnlicher Waare großer Handel getrieben.

= 18. „machst du dieses ab", d. i. ziehst du dein Geld von Aeschinus ein.

= 19. „In dieser Hoffnung", daß ich keine Zeit haben würde, hier meine Klage zu verfolgen.

= 34. Syrus weiß, daß der Kuppler alle zwanzig Minen erhalten soll; um ihn aber desto geneigter zu machen, auf diesen Vorschlag einzugehen, spiegelt er ihm vor, es drohe ihm der Verlust der Hälfte. Donatus.

Sechste Scene.

V. 13. Zahlungen pflegten auf dem Markte geleistet zu werden, da die Reicheren gewöhnlich mit einem der dort stehenden Wechsler in Rechnung standen.

Dritter Act.

Erste Scene.

V. 2. Pamphila, die von Aeschinus entehrte Tochter Sostrata's, liegt in den Wehen.

= 4. Geta, der Gete, wie Syrus, der Syrer. Die Sklaven wurden meist nach ihrem Vaterlande benannt, wie bei uns

die Handwerksbursche. — Weil Geta in der folgenden Scene
vom Markte kommend erscheint, wird hier bemerkt, daß er
nicht zu Hause sei. Donatus.

Zweite Scene.

B. 5. Donatus erklärt den Sinn aller dieser Worte so: hae res
sunt, quae circumvallant: vis illata, egestas ipsius
puellae, injustitia judicum illius temporis (doch wohl
nicht, sondern des Aeschinus, der Pamphila entehrt hatte, und
ihr nach der Meinung des Geta untreu geworden ist), solitudo
a defensoribus, infamia ab iis, qui credunt pretio vitiatam.

= 35. Es war dies im Allgemeinen Sitte der Griechen, neugeborene
Kinder auf den Schooß des Großvaters zu sezen. Hier will
sich aber Aeschinus dieses Gebrauches dazu bedienen, um seinen
Vater durch den Anblick eines Enkels leichter zu bewegen,
seine Verheiratung mit einem armen Mädchen zuzugeben.
Zugleich sehen wir hier den Grund, warum Aeschinus bis
jezt aufgeschoben hat, seinem Vater alles sich hierauf Beziehende
einzugestehen. Er glaubte, die Geburt eines Knaben würde
die passendste Gelegenheit dazu sein. Menander ist nämlich
besorgt dafür, uns in Aeschinus einen rechtschaffen denkenden
Jüngling darzustellen. Benfey.

= 41. „Läugnet er“, daß Pamphila von ihm entehrt sei.

= 51. Wenn Sostrata oder ihre Tochter Geld oder irgend einen
anderen Lohn empfangen hätte, so würde Pamphila dadurch
das Recht auf eine Klage gegen Aeschinus verloren haben,
während dieser im entgegengesezten Falle gezwungen war,
die Geschwächte zu heiraten, wenn die Klage als begründet
erfunden ward.

= 53. Hegio war als Blutsverwandter der natürliche Beschützer der
Sostrata, und hatte die Verpflichtung, sie vor Gericht zu
vertreten.

= 54. Simulus, Sostrata's verstorbener Gatte.

Dritte Scene.

B. 1. Auf die Kunde, daß Ctesipho bei dem Raube der Harfnerin
gesehen worden sei, sehen wir hier den Demea heftig ergriffen.

Daraus läßt sich abnehmen, welch eine Wirkung auf ihn die Entdeckung machen muß, daß das Mädchen für Ctesipho geraubt sei. Donatus.

Vierte Scene.

V. 22. Er meint Dienste in auswärtigen Heeren, vornehmlich in Asien, wo damals die lezte Zuflucht verzweifelnder Jünglinge war.

Sechste Scene.

V. 11. Der Greis ist Simulus, Vater Pamphila's. Vgl. V. 19.

= 13. Vgl. die Anmerkung zu 3, 2, 53.

= 37. „Forsche ihn aus", mit Anwendung der Folter, wie bei Sklaven sich von selbst versteht, da das Zeugniß eines Sklaven nur galt, wenn er es auf der Folter abgelegt hatte.

= 42. Lucina, die Göttin, welche die Geburten aus Licht fördert.

Siebente Scene.

V. 1. „Wär's nur damit ganz abgethan!" Wenn dies nur der lezte dumme Streich des Aeschinus wäre! Diese „Zügellosigkeit", das zügellose, ausschweifende Leben, das Demea dem Aeschinus schuldgibt.

Vierter Act.

Erste Scene.

V. 5. „Besser noch." Syrus meint, daß er wohl gar nicht wieder aufstehen könnte.

= 21. Lupus in fabula: „Wenn man vom Wolfe redet, ist er nicht fern." Wie in Griechenland, so glaubte man nach Plinius auch in Italien, daß der Anblick der Wölfe schädlich sei, und dem Menschen, den sie zuerst angeblickt, plözlich die Stimme raube. Hieraus erklärt Servius, der Commentator Virgils, das Sprichwort lupus in fabula: weil die plözliche Ankunft dessen, von dem wir reden, uns verstummen macht. J. Voß zu Virgil's Idyll. 9, 54. Donatus, die Stelle Virgils anführend, bemerkt noch: alii putant ex nutricum fabulis natum, pueros ludificantium terrore lupi, paullatim e cavea venientis usque ad limen cubiculi.

Dritte Scene.

V. 30. „Vor dem Thore." Auf diese Wege jagt Syrus den Demea bis an's Ende der Stadt. In der Nähe der Thore befand sich bei den Alten gewöhnlich ein Teich für die ein- und ausgehenden Lastthiere und für andere Zwecke. Benfey.

= 32. Die Alten lagen bei Tisch auf niedrigen Ruhebetten. Syrus bringt alle diese Lügen, auf die er sich erst besinnen muß, stammelnd hervor.

Sechste Scene.

V. 11. Die Alte ist Canthara.

Siebente Scene.

V. 17. Nach attischem Rechte mußten Waisen ihre nächsten Anverwandten heiraten, wenn sie von ihnen verlangt wurden. Der männliche Anverwandte war, wenn er dazu nicht Lust hatte, jedenfalls gehalten, die Waise auszustatten.

= 37. „Wer stimmte zu?" Eine Ehe war nur dann rechtsgültig, wenn der Gewalthaber der Braut (ihr κύριος) seine Einwilligung dazu gegeben hatte.

= 38. „Eine Fremde", d. i. eine Person, auf die schon ein Anderer (ihr nächster Verwandter) Ansprüche hatte.

= 55. „Hast du dich vorgesehen, was, und wie's geschehen sollte?" d. i. hast du Vorkehrungen getroffen über das, was geschehen sollte, und über die Ausführung davon, — was es für die Zukunft mit dir werden sollte, und wie das zu Stande kommen könnte?

= 73. „Was noth ist" zur Feier einer Hochzeit, als da sind: Opfer, Gastmahl, festliche Gewande, Fakeln, Flötenspielerinnen und Anderes.

Neunte Scene.

V. 2. „Fopperei" nennt es Demea, daß ihn Syrus durch die ganze Stadt gejagt hatte. Man vergleiche die dritte Scene dieses Actes (V. 19. ff.).

Zehnte Scene.

V. 18. „Die Furcht benahm ich ihnen," ich beruhigte sie, Pamphila und ihre Mutter Sostrata. Man vergleiche die fünfte Scene.

  * 24. „Die Kunst", d. i. die Geschicklichkeit des Würfelspielers, da bei den Alten das Würfelspiel nicht bloß vom Zufall abhängig war.

  * 29. Micio will nicht verrathen, daß die Harfnerin für Ctesipho gekauft worden ist.

Elfte Scene.

V. 6. „Des Heiles Göttin," die Göttin Salus, Tochter des Aesculapius.

Fünfter Act.

Erste Scene.

V. 7. Sapientia ist Substantiv und als Vokativ zu fassen. Vgl. 3, 4, 32. Vor sapientia ist ein Komma zu sezen.

Dritte Scene.

V. 2. In Griechenland drückte man bei'm Hinausgehen die Thüre nach aussen zu, während wir bei'm Hinausgehen die Thüre in das Haus hinein öffnen. Daher wurde inwendig zuerst geklopft, damit nicht Jemand, der vor dem Hause sich befand, gestoßen würde.

  * 11. Man sehe Micio's Erklärung 1, 2, 50.

  * 23. Im lateinischen Ausdruck (tollebas) liegt eine Hindeutung auf ein nur bei den Alten vorkommendes Recht, nach welchem ein Vater sein Kind aussezen konnte. Dies geschah, wenn er nicht glaubte, daß sein Vermögen genügend sein würde. Im Fall er von diesem Rechte keinen Gebrauch machen wollte,

hob er das vor ihm niedergelegte neugeborene Kind auf.
Micio sagt dem Demea: du ließest keines dieser beiden Kinder
aussezen, weil du dich für vermögend genug für beide hieltest.
Benfey.

B. 51. „Still!" ist im Sinne der Alten zu fassen als Warnung,
kein unglückweissagendes Wort zu gebrauchen.

= 68. „Den Tag begehen", als Hochzeitfest.

Fünfte Scene.

B. 6. „Schönen Dank!" Der Ausdruck ist zweideutig. Syrus, der
von dem neuen System des alten Murrkopfs noch nichts weiß,
hält Alles für Spott. Deßwegen bedankt er sich für die
Gefälligkeiten Demea's, d. h. er will ihrer gern entbehren,
und der Alte versichert daher, daß es ihm damit Ernst sei.

Siebente Scene.

B. 7. Die Flötenspielerinnen und der Hymenäuschor fehlen nämlich
noch. Die Flötenspielerinnen begleiteten den Brautzug; der
Hymenäuschor ward im Hause des Bräutigams gesungen.

= 9. Fakeln wurden dem Brautzuge, der erst bei einbrechender
Nacht gehalten ward, vorangetragen.

= 17. Der „Babylonier" heißt Micio wegen seiner Verschwendung.
(Die Babylonier waren, wie die Meder und Perser, wegen
ihres Luxus und ihrer Verschwendung so berüchtigt, daß schon
ihr Name für einen großthuenden Prasser galt.) Die zwanzig
Minen sind die, welche Micio für das Harfenmädchen ausgegeben hat. Demea glaubt, er habe sich gut dafür gerächt,
daß Micio für die Liebschaft seines Sohnes zwanzig Minen
aufgewandt. Die Aufnahme dieser Familie, welche ihm Demea
auf den Hals ladet, würde ihm bald bei weitem höher zu
stehen kommen. Zum Theil nach Benfey.

= 23. Ueber die Straße sollte wohl Pamphila deßwegen nicht getragen
werden, weil es keinen guten Eindruck gemacht haben würde,
wenn man sie als Wöchnerin vor die Augen der Zuschauer
gebracht hätte.

Achte Scene.

B. 18. „Was thät'ft du, bät' er Größres noch?" Da würdeft du
ihm ja auch nachgeben.

= 28. „Ihr", der Pamphila, deren Gewalthaber (κύριος) er ift, und
zu deren Verheiratung er feine Zuftimmung gibt.

Neunte Scene.

B. 1. „Was du geboteft, ift gefcheh'n," d. h. die Mauer ift ein-
gerißen.   S. 5, 7, 18.

= 5. Donatus bemerkt hier, daß dem Demea auf die Frage nach
den Verdienften des Syrus nichts beifallen wollte, und daß
eben deßwegen Syrus felbft ihm aushilft. Denn bei jeder
Freilaffung (manumissio) wurde allemal die bewegende Urfache angegeben.

= 8. „Gaftgelage fchon am hellen Tage rüften." Das Hauptmahl
der Alten begann erft gegen Abend; und es war das Zeichen
eines Schlemmers, wenn Jemand fchon mitten am Tage
(de die) zu eßen anfing. Benfey.

= 13. Auf der Bühne wurde hier gewiß der unter den Römern bei
einer manumissio inter amicos gebräuchliche Ritus nachge-
ahmt. Syrus näherte fich feinem Herrn, wurde von ihm
im Kreife herumgeführt, und erhielt einen Schlag. Benfey.

= 20. „Was fie werth ift" als Sklavin.

= 23. „Deine Pflicht" als Patron (Schuzherr) des Syrus, indem
du den Freigelaffenen verhältft.

= 29. „Ich wollte dir zeigen, wodurch du bei den Leuten hier in
den Ruf der Güte und Liebenswürdigkeit gekommen bift.
Glaube nicht, daß in deinem gerechten und billigen Benehmen
gegen fie der Grund davon liegt; nein, weil du fchwach genug
wareft, ihnen in Allem Recht zu geben, weil du ihnen Alles
hingehen ließeft und freigebig gegen fie wareft, das ift allein
die Urfache davon."

= 40. „Er (Ctefipho) foll die Harfnerin behalten; nur muß fie die
lezte fein, und er von nun an einen fittlichen Lebenswandel
führen!"

V.

Die Schwiegermutter.

———

Personen.

Laches, ein Alter.

Sostrata, dessen Frau.

Pamphilus, Beider Sohn, der Gatte Philumena's.

Phidippus, ein Alter, Vater Philumena's.

Myrrhina, dessen Frau.

Bacchis,
Philotis, } Hetären.

Syra, eine alte Frau.

Parmeno,
Sosia, } Sklaven im Hause des Laches.

Sklaven und Mägde als stumme Personen.

Der Schauplaz ist eine Straße in Athen, in welcher Laches und Phidippus wohnen.

_____

Prolog.

Die Schwiegermutter heißt das Stück. Als wir es neu
Aufführten, traf's ein böser Unfall neuer Art:
Man konnt' es nicht ausspielen und nicht würdigen.
Seiltänzer hatten der bethörten Menge Sinn
5 Und Blick gefesselt. Ganz wie neu spielt jezt das Stück,
Und unserm Dichter, bringt er heut zum zweitenmal
Es auf die Bühne, war es nicht darum zu thun,
Zum zweitenmale Geldgewinn daraus zu zieh'n.
Ihr kennt von ihm schon andre; hört auch dieses an.

Prolog.

Gesprochen vor der dritten Aufführung.

Als Sprecher komm' ich im Gewand des Prologus.
Fürsprecher laßt mich werben, und vergönnt dem ·Greis
Dasselbe, was dem Jüngern einst, wo manches Stück,
Als neu verschmäht, durch mich des Alters Ruhm errang,
5 Daß mit des Dichters Tode nicht sein Werk erlosch. '
In denen, die ich von Cäcil neu eingelernt,
Hielt ich mich oft mit Mühe nur, oft fiel ich durch.'
Ich wußte, Zufall lenke stets der Bühne Glück;
So wählt' ich troz unsicherer Hoffnung sichre Müh.
10 Das Alte spielt' ich eifrig, daß der Dichter selbst
Auch eifrig bleibe, Neues mir zu schaffen. Mir
Gelang's, man schaute ruhig zu; nachdem man sie
Erkannt, gefielen alle. So gab meine Kunst
Dem Dichter seinen Plaz zurück, von dem ihn schon
15 Der Widersacher Tücke fast hinweggedrängt.
Hätt' ich des Dichters Stücke gleich damals verschmäht,
Ihn abzuschrecken mich bestrebt, daß er hinfort
Unthätige Muße lieber wählt' als Thätigkeit;
Leicht war's ihn abzuschrecken, daß er Neues schrieb.
20 Hört mir zulieb jezt meinen Wunsch wohlwollend an.
Die Schwäherin bring' ich wieder, die ich nie in Ruh
Vorführen konnte: so bestürmt sie Mißgeschick.
Dies Mißgeschick wird eure Kennerschaft sofort
Abwehren, wenn sie unserm Fleiß zu Hülfe kommt.

25 Als ich zuerst sie spielte, hat Faustkämpferruhm,
Der Freunde Drang und Eifer und der Frau'n Geschrei,
Seiltänzer dann, auf die man sehnlich wartete,
Verschuldet, daß ich vor der Zeit von der Bühne wich.
Dem alten Brauche folgt' ich bei dem neuen Stück:
30 Ich wage den Versuch und bring' es abermals.
Im ersten Act gefall' ich; da verbreitet sich
Der Ruf, daß Fechter kämpfen; flugs läuft alles Volk
Dorthin, man tobt, schreit, zankt sich um die Pläze, daß
Ich meinen Plaz zu behaupten nicht im Stande war.
35 Heut ruht der Lärmen, Friede herrscht und stille Ruh.
Mir wurde Zeit zum Spielen, euch Gelegenheit,
Den Bühnenspielen Ehre zu erweisen.   Wehrt,
So viel an euch ist, daß der Musen edle Kunst
An Wenige falle; euer Anseh'n lasset jezt
40 Dem meinen fördernd, helfend sich gesellen.   Wenn
Ich nie habgierig den Gewinn zum Ziel der Kunst
Gemacht, und wenn mir d e r Genuß, der euch von ihr
Bereitet wird, stets als der höchste Preis erschien:
So gewährt mir, daß der Dichter, der sich eurem Schuz,
45 Und meiner Obhut anvertraut sein Musenwerk,
Nicht neiderfüllter Feinde Spott und Opfer sei.
Nehmt mir zu gut ihn gütig auf, hört ruhig zu,
Auf daß er andre Stücke noch zu schreiben sich
Ermanne, daß mir's fromme, wenn ich neue dann,
50 Mit meinem Geld erkaufte, neu einüben darf.

———◦✕◦———

-

Erster Act.

Erste Scene.

Philotis. Syra.

Philotis.

Um alle Götter, Syra, wie gar selten sind
Liebhaber, die treu bleiben ihren Freundinnen!
Selbst Pamphilus — wie oft, wie hoch und theuer schwur
Er seiner Bacchis — glauben mußt' es alle Welt —
5 Niemals, so lang sie lebe, nehm' er eine Frau!
Und doch — er that's.

Syra.

      Drum eben mahn' ich dich so oft
Und dringend, daß du Keinem doch Erbarmen schenkst:
Nein, plündre, verstümmle, zerstückle, wen du fangen kannst!

Philotis.

Und wäre Keiner, den ich vorzieh'n dürfte?

Syra.

            Nein.
10 Denn wisse, Keiner kommt zu dir, kein Einziger,
Der nicht an dir durch Schmeicheleien seine Lust
So billig als nur möglich denkt zu sättigen.
Und Solche, bitt' ich, willst du nicht auch zieh'n ins Nez?

Philotis.

Doch Alle gleich zu behandeln, find' ich ungerecht.

Syra.

15 An seinem Feind sich rächen, oder ebenso
Ihn, wie er dich fing, fangen, ist das ungerecht?
Ich Arme, weh mir, daß ich nicht so jung und schön,
Wie du, bin, oder daß du nicht so denkst, wie ich!

Zweite Scene.
Parmeno. Philotis. Syra.

Parmeno.
(tritt aus dem Hause des Laches, und ruft hinein)

Du, wenn der Alte nach mir fragt, sag' ihm, ich sei
Jezt eben nach dem Hafen hin, um nachzuseh'n,
Ob Pamphilus gekommen. Hörst du, was ich dir
Bedeute, Scirtus? Wenn er fragt, so sagst du dies;
5 Und wenn er n i c h t fragt, sagst du nichts, damit ich der
Ausrede mich ein andermal bedienen kann. —
Doch ist da nicht Philotis? Wo kommt diese her?
Philotis, ah, willkommen!

Philotis.
Danke, Parmeno!

Syra.

Bei Gott! Willkommen, Parmeno!

Parmeno.
Auch, Syra, du!

10 Doch sprich, Philotis, wo du dich so lang vergnügt.

Philotis.

Vergnügt? O gar nicht, seit ich da das Ungethüm,
Den groben Kriegsmann, nach Corinth begleitete:
Ich schleppte mich zwei volle Jahre dort mit ihm.

28 *

Parmeno.

Ich kann mir denken, daß du dich, Philotium,
15 Zurückgesehnt hast nach Athen, und deinen Schritt
Gar oft verwünschtest.

Philotis.

      Unaussprechlich hab' ich mich
Gesehnt hieher zu kommen von dem Söldner weg,
Und euch zu sehen, um nach alter Sitte hier
Zwanglos am frohen Mahle mich mit euch zu freu'n.
20 Ich durfte dort nichts sprechen, als was ihm gefiel,
Und nur nach Vorschrift.

Parmeno.

      Sicher war dir's unbequem,
Daß dir der Kriegsmann niederhielt der Zunge Lauf.

Philotis.

Was aber ist denn das, was Bacchis eben mir
Im Haus erzählt hat? Was ich nie für möglich hielt —
25 Daß er, solang die lebt, sich überwinden kann,
Ein Weib zu haben?

Parmeno.
(spottend)

Haben!

Philotis.

      Nun, hat er es nicht?

Parmeno.

Er hat's; doch — fürcht' ich — wird es nicht von Dauer sein.

Philotis.

Das gebe doch der Himmel, wenn's der Bacchis frommt!
Doch, Parmeno, wie soll ich das mir denken? Sprich!

Parmeno.

30 Es auszuplaudern, dient zu nichts. So frage denn
Nicht weiter.

Philotis.

Doch nur darum, daß man's nicht erfährt?
Bei'm Himmel, nicht, um's auszuplaudern, frag' ich dich,
Nein, um daran im Stillen mich zu freu'n.

Parmeno.

Und sprächst

Du noch so süß, ich möchte deinem Worte doch
35 Nicht meinen Rücken anvertrau'n.

Philotis.

Geh, Parmeno!

Als ob du's nicht viel lieber mir erzähltest, als
Ich wissen möchte, was ich frage.

Parmeno.
(für sich)

Sie hat Recht.

Das ist mein größter Fehler.
(zu Philotis)

Wenn du mir versprichst

Zu schweigen, sag' ich's.

Philotis.

Bleibst der Alte doch! Du hast
40 Mein Wort: so sprich!

Parmeno.

Vernimm.

Philotis.

Da bin ich.

Parmeno.

Pamphilus

War eben damals in die Bacchis ganz vernarrt,
Als, eine Frau zu nehmen, ihn sein Vater bat.
Er sagt, wie alle Väter thun in solchem Fall,

Er sei bejahrt schon, habe nur den Einen Sohn,
45 Und wünsche für sein Alter eine Stüze. Der
    Sträubt sich zuerst; der Vater sezt ihm stärker zu,
    So daß er endlich zweifelnd schwankt, ob Kindespflicht,
    Ob seine Lieb' ihm höher stehen soll. Indeß
    Durch Drängen und durch Quälen sezt am Ende doch
50 Der Alte seinen Willen durch, verlobt den Sohn
    Mit seines nächsten Nachbars Tochter hier. Bis jezt
    Fand Pamphilus die Sache keineswegs so arg;
    Erst bei der Hochzeit, als er Alles schon bereit
    Und kein Entrinnen möglich sah, da ward es ihm
55 So schwer im Herzen, daß ich glaube, Bacchis selbst
    Hätt' ihn bedauert, hätte sie's mit angeseh'n.
    Wo nur sich einen Augenblick Raum bot, mit mir
    Ein Wort allein zu sprechen, sagt' er: Parmeno,
    Was that ich, ach? In welches Elend stürzt' ich mich?
60 Nicht tragen kann ich's, Parmeno! Ich Armer! Ach!

Philotis.

O daß dich alle Götter doch und Göttinnen,
Laches, mit deiner Quälerei vernichteten!

Parmeno.

Mich kurz zu fassen: Pamphilus führt seine Braut
Als Gattin heim. In jener ersten Nacht berührt
65 Er nicht das Mädchen, aber auch die nächste nicht.

Philotis.

Ei was! Ein Jüngling, noch dazu von Wein erhizt,
Bei einer Jungfrau ruhend, hielt sich fern von ihr?
Das ist doch unwahrscheinlich; nein, das glaub' ich nicht.

Parmeno.

Dir mag es wohl so scheinen: Niemand kommt zu dir,
70 Als wer dich wünscht. Er hatte nur aus Zwang gefreit.

Philotis.

Wie ging es weiter?

Parmeno.

Wenig Tage hinterher
Nimmt Pamphilus mich ganz allein bei Seite, sagt,
Das Mädchen sei noch immer unberührt von ihm.
Er habe, noch bevor er sie in's Haus geführt,
75 Gehofft, die Heirat werde sich erträglich ihm
Gestalten. „Aber sollt' ich sie mißbrauchen, sie,
Von der ich mich zu trennen fest entschlossen bin,
Nicht unberührt entlassen, wie ich sie empfing?
Das wäre mein nicht würdig, noch ihr selbst erwünscht."

Philotis.

80 Ein frommer, reiner Jüngling doch, der Pamphilus!

Parmeno.

„Dies auszusagen, könnte mir nachtheilig sein;
Sie heimzuschicken, der du nichts vorwerfen kannst,
Wär' Uebermuth. Doch sieht sie, daß sie nicht mit mir
Fortleben kann, so geht sie, hoff' ich, selbst zulezt."

Philotis.

85 Und indessen — sah er Bacchis noch?

Parmeno.

Ja, Tag für Tag.
Doch sie, wie's geht, sobald sie ihn entfremdet sah,
Ward immer spröder gegen ihn und troziger.

Philotis.

Kein Wunder wahrlich!

Parmeno.

Ja, gerade dieses war's,
Was ihn von ihr entfernte. Denn als er sich selbst
90 Und Bacchis und die Gattin zur Genüg' erkannt,

Nach Beider Sitten würdigend die Sinnesart —
(Sie, wie's der Edlen, Freien ziemt, war sittsam, keusch,
Trug jedes Unrecht, jedes Leid vom Manne, ja,
Sie deckte zu das Ueble, das ihr widerfuhr:)
95 Da wand sich, hier von Mitgefühl für seine Frau
Gefesselt, dort von Bacchis' Troz besiegt, sein Herz
Allmählig los von Bacchis, und ganz weiht' er sich
Der Gattin, als er gleichen Sinn an ihr erkannt.
Indessen stirbt ein Alter, meinem Herrn verwandt,
100 Auf Imbros; ihm fiel nach Gesez das Erbe zu.
Der Vater schickt den Pamphilus dorthin, so sehr
Sein liebevolles Herz sich sträubt. Er läßt die Frau
Allein hier bei der Mutter; denn der Alte hat
Sich auf das Land vergraben, und kommt selten nur
105 Zur Stadt hieher.

                    Philotis.
          Weßwegen aber sagst du denn,
Die Ehe habe nicht Bestand?

                    Parmeno.
                    Du hörst es gleich.
Die ersten Tage lebten noch die beiden Frau'n
Ganz gut zusammen. Plözlich fängt Philumena
Die Schwiegermutter wundersam zu hassen an;
110 Und dennoch gab es niemals unter ihnen Streit
Noch Klage.

                    Philotis.
          Was denn?

                    Parmeno.
                    Kommt einmal die Sostrata,
Mit ihr zu plaudern, läuft sie gleich davon, und will
Sie gar nicht sehen. Endlich hält sie's nimmer aus,

Gibt vor, ein Opfer rufe sie zur Mutter, und

115 Geht heim. Sie weilt dort lange Zeit; man schickt nach ihr.
Da wenden sie was vor; man schickt zum andernmal.
Sie kommt nicht. Als man öfter schickt, so gibt man vor,
Sie wäre krank. Sogleich geht unsre Frau, nach ihr
Zu sehen; Niemand läßt sie vor. Mein alter Herr,

120 Kaum hört er's, kommt er gestern gleich vom Land herein,
Und geht sofort zu dem Vater der Philumena.
Was die verhandelt, weiß ich selbst zur Zeit noch nicht;
Doch bin ich recht bekümmert, wie das werden soll.
Nun weißt du's all; ich gehe meines Weges fort.

Philotis.

125 Ich auch; denn einem Fremden hab' ich zugesagt,
Ihn aufzusuchen.

Parmeno.

Was du thust, das segne dir
Der Himmel!

Philotis.

Lebe wohl!

Parmeno.

Auch du, Philotium!

Zweiter Act.

Erste Scene.
Laches. Sostrata.

Laches.
(in voller Wuth)

Erd' und Himmel! Was für Volk das, was für eine Ver=
schwörung das!

Daß alle Frau'n das Gleiche lieben, alle Frau'n das Gleiche
flieh'n,

Und daß man Keine findet, die nicht ganz der andern ähnlich ist!

So haßt auch jede Schwäherin die Schnur; dem Mann zu
trozen, sind

5 Gleich eifrig alle; der Eigensinn ist ihnen allen angeerbt.

In Einer Schule, glaub' ich, hat man alle zur Bosheit
angeführt,

Und an der Schule Lehrerin, wenn's Eine gibt, ist Meine da.

(auf Sostrata zeigend)

Sostrata.

Ich Arme heiße schuldig und weiß nicht warum.

Laches.

Du weißt es nicht?

Sostrata.

So wahr der Himmel gnädig uns sein soll, so wahr
10 Ich stets mit dir zu leben wünsche, mein Laches!

Laches.

Gott bewahre mich!

Sostrata.

Und daß du mich ganz ohne Grund anklagst, erfährst du
später noch.

Laches.

Dich ohne Grund? Gibt's Worte wohl, zu hart für dein
Gebahren? Du
Beschimpfst mich, dich, das ganze Haus, bereitest Trauer deinem
Sohn:
Aus treuen Freunden machst du die Verwandten uns zu
Feinden, sie,
15 Die würdig hielten deinen Sohn, das eigne Kind ihm zu
vertrau'n.
Du nur erhebst dich und verwirrst durch deine Frechheit Alles.

Sostrata.

Ich?

Laches.

Du, sag' ich, Weib, die mich für einen Stein, für keinen
Menschen hält!
Wohl meint ihr, weil ich häufig auf dem Lande bin, ich
wüßte nicht,
Was jeder Mann und jede Frau von euch hier treibt? Was
hier geschieht,
20 Das weiß ich, traun, viel besser, als was dort, wo ich
beständig bin,
Weil, wie daheim i h r euch betragt, ich außerhalb berufen bin.
Schon längst erfuhr ich, daß Philumena dich haßt: und
wahrlich auch,

Kein Wunder! Wunderbarer wär' es, haßte sie dich nicht.
Indeß
Das dacht' ich niemals, daß sie gar das ganze Haus mit-
haßte. Wenn
25 Ich dies gewußt, so bliebe sie doch lieber hier, du kämst
heraus.
Sieh nun, wie unverdient du mir d a s Leid bereitest, Sostrata.
Euch Plaz zu machen, zog ich auf das Land, und sorgte für
das Haus,
Und mühte mich, mehr als es recht und meinem Alter ziemlich ist,
Daß mein Besiz für euren Aufwand, euren Müßiggang
genügt:
30 Doch daß dafür kein Aergerniß mir werde, darauf sannst du nie.

Sostrata.
Durch meinen Willen, meine Schuld geschah es nicht.

Laches.
Wodurch denn sonst?
Du warst allein hier, Sostrata; an dir allein hängt alle
Schuld.
Für hier zu sorgen lag dir ob; denn andrer Sorgen wart
ihr frei
Durch mich. Du schämst dich, Alte, nicht, fängst Streit
mit einem Mädchen an?
35 Sie, wirst du sagen, trägt die Schuld.

Sostrata.
Mein Laches, nein, das sag' ich nicht.

Laches.
Des Sohnes wegen freut mich das, bei'm Himmel! Denn
was dich betrifft,
So weiß ich sicher, du verlierst durch schlimme Streiche weiter
nichts.

Sostrata.

Wie weißt du, Lieber, ob sie nicht darum sich stellt, sie
hasse mich,

Um bei der Mutter mehr zu sein?

Laches.

Was? Ist das nicht Beweis genug,

40 Daß, als du gestern zum Besuch hinkamst, dich Niemand
ließ zu ihr?

Sostrata.

Es hieß, sie sei sehr übel auf; deßwegen ließ man mich nicht ein.

Laches.

Die schlimmste Krankheit, die sie hat, ist dein Betragen, scheint
es mir.

Und wohl mit Recht; denn unter euch ist Keine, die nicht
wünschte, daß

Ihr Sohn ein Weib nimmt; und die Frau, die euch gefällt,
erhält er dann.

45 Und die er nahm auf euren Rath, die jagt er fort auf euren Rath.

Zweite Scene.

Phidippus. Laches. Sostrata.

Phidippus.

(kommt aus seinem Hause, und spricht im Herausgehen zu seiner Tochter)

Ich könnte zwar, Philumena, nach meinem Recht dich zwingen,
Zu thun, was ich gebiete: doch dem Vaterherzen folgend,
Geb' ich dir nach, will deinem Sinn mich nicht entgegenstellen.

Laches.

Da kommt Phidippus: eben recht! Durch ihn erhalt' ich Auf=
schluß. —

5 Wohl leb' ich all den Meinigen, Phidippus, sehr zu Willen,

Doch nicht so sehr, daß meine Lieb' ihr Herz verderben könnte.
Thätst du das Gleiche, wär' es wohl für uns und euch gerath'ner.
Jezt aber, seh' ich, bist du ganz in Frauenhand.

Phidippus.

Ei, wirklich?

Laches.

Der Tochter wegen sucht' ich, Freund, dich gestern auf; doch ging ich,

10 Wie ich gekommen, ohne mehr zu wissen. Nein, soll unsre
Verwandtschaft dauernd sein, so ziemt sich's nicht, den Groll zu bergen.

Ward irgendwo gefehlt von uns, heraus damit! Wir wollen euch
Durch Widerlegung oder durch Entschuldigung genügen;
Du richte selbst! Doch ist der Grund, bei euch sie zu behalten,

15 Krankheit, so glaub' ich, thust du mir Unrecht, Phidippus, wenn du
Besorgst, sie werde nicht genug verpflegt in meinem Hause.
Ja, bei den Göttern, ob du gleich ihr Vater bist, nie geb' ich zu,
Daß dir ihr Wohlsein theurer sei, denn mir; und das dem Sohne
Zu Liebe, der nicht minder als sich selbst sie liebt, das weiß ich.

20 Auch kann dir nicht verborgen sein, wie sehr es ihn betrüben wird,
Wenn er's erfährt; drum wünsch' ich sehr, daß sie vor ihm zurückkehrt.

Phidippus.

Ich weiß um eure Sorgsamkeit, um eure Liebe, Laches,
Und glaube, daß sich Alles so verhält, wie du versicherst,
Betreib' es auch, das glaube mir, daß sie zu euch zurückkehrt,

25 Wenn ich es irgend machen kann.

Laches.

Was steht dir hier im Wege?
Beschwert sie denn sich über ihn?

Phidippus.

Gar nicht.   Denn als ich ernster
Ihr zusprach, und sie mit Gewalt zur Rückkehr zwingen wollte;
Da schwur sie hoch und theuer, daß es ihr unmöglich wäre,
So lange Pamphilus ferne sei, bei euch es auszuhalten.
30 Ein Andrer fehlt wohl anderswo; ich bin von mildem Sinne, kann
Den Meinen Nichts versagen.

Laches.
Hörst du, Sostrata?

Sostrata.
Ich Arme!

Laches.
Und bleibt's dabei?

Phidippus.
Jezt wohl, wie's scheint. — Begehrst du sonst noch Etwas?
Denn eben hab' ich auf dem Markt zu thun.

Laches.
Da will ich mitgeh'n.
(Beide ab.)

Dritte Scene.

Sostrata allein.

Sostrata.
Traun, mit Unrecht sind wir Alle bei den Männern gleich
verhaßt;
Durch die Schuld von wenig Frauen hält man uns des Fluches
werth.

Denn an dem, was jezt mein Mann mir vorwirft, hab' ich
keine Schuld.
Doch es ist nicht leicht, mich hier zu reinigen; man glaubt
einmal,
5 Schwiegermütter seien böse: ich bin's nicht.   Stets hielt ich sie,
Wie mein eigen leiblich Kind, und wie mich das trifft, weiß
ich nicht.
Um so mehr harr' ich mit Sehnsucht auf des Sohnes
Wiederkehr.

Dritter Act.

Erste Scene.

Pamphilus. Parmeno. Myrrhina.

Pamphilus.

(er kehrt eben von der Reise zurück, und Parmeno hat ihm einen Theil von dem erzählt, was inzwischen daheim vorgefallen)

Keinem hat die Liebe so viel Herbes dargeboten, dünkt mich,
Als mir Armen: ach! Und dieses Leben wollt' ich nicht
verlieren?
Fühlt' ich darum solche Sehnsucht, wieder heim zu kommen? Ach!
Um wie viel besser wäre mir's gewesen, lebt' ich, wo's auch
wäre,
5 Als hieher zu kommen, und zu hören, daß es also steht!
Denn uns allen, droht ein Unfall irgend uns von irgendwo,
Ist alle Zwischenzeit Gewinn, eh' uns davon die Kunde wird.

Parmeno.

Doch du kannst wohl also schneller dich befrei'n von der
Bedrängniß.
Kamst du nicht zurück, so wurde dieser Groll viel heftiger.
10 Doch jezt werden sicher Beide sich vor deiner Ankunft scheuen:
Aber du hebst alle Feindschaft, und versöhnst sie wiederum.
Was du dir als ungemein schwer vorgestellt, ist wahrlich leicht.

Donner, Publius Terentius.   29

Pamphilus.

Warum mich trösten? Kann ein Mensch auf Erden gleich
unglücklich sein?

Bevor ich Diese mir vermählt, war anderswo mein Herz
verstrickt.

15 Schon wie ich hier unglücklich war, sieht Jeder leicht, verschweig'
ich's auch:

Doch wagt' ich's nicht, das Mädchen auszuschlagen, das mein
Vater mir

Aufzwang. Ich riß kaum dort mich los, entband das dort
gebund'ne Herz;

Kaum wandt' ich's hierher, sieh, da zieht was Neues mich
von dieser ab.

Nun find' ich meine Mutter wohl noch schuldig oder meine
Frau.

20 Und find' ich das, was bleibt mir noch, als immer weit'res
Misgeschick?

Denn meiner Mutter Ungebühr zu dulden, heißt mich Kindes=
pflicht,

Und meiner Gattin bin ich hoch verpflichtet, die voll sanften
Sinns

Mich trug, von meiner Ungebühr sich nirgend Etwas merken ließ.

Doch wahrlich, etwas Großes muß nothwendig vorgegangen sein,

25 Woraus der Groll bei Beiden sich fortspann, der schon so
lange währt.

Parmeno.

Wohl, oder auch was Kleines, geht man auf den wahren
Grund zurück.

Nicht immer läßt der größte Groll auf größtes Unrecht
schließen; oft

Geschieht es ja, daß irgendwas, das einen Andern nicht erzürnt,

In gleichem Fall den Zornigen zum bitterbösen Feinde macht.

30 Wie manche Zornesfehd' entbrennt bei Knaben oft um Kinderei'n!

Aus welchem Grunde? Weil der Geist, der sie regirt, noch kraftlos ist.

Ganz ebenso sind jene Frau'n an Urtheil schwach und Kindern gleich.

Vielleicht hat nur ein einzig Wort bei ihnen diesen Groll erweckt.

Pamphilus.
Geh, Parmeno, und melde, daß ich dasei.

Parmeno.
(horchend)

Ha! Was gibt es?

Pamphilus.

Still!

35 Ich höre trippeln hin und her; rückwärts und vorwärts läuft man.

Parmeno.

Auf!

Ich trete näher an die Thür. Nun? Hörtest du's?

Pamphilus.

Still, schwaze nicht! —

Bei'm Jupiter! Ich höre schrei'n.

Parmeno.
Du sprichst, und mir verbietest du's!

Myrrhina.
(innerhalb des Hauses)

Still, liebe Tochter, still!

Pamphilus.
Mir war's, der Mutter Stimme hört' ich da.

Weh mir!

29*

Parmeno.

Warum denn?

Pamphilus.

Weh!

Parmeno.

Warum?

Pamphilus.

Gewiß verheimlichst du vor mir
40 Ein großes Unglück, Parmeno.

Parmeno.

Man sagte, daß Philumena,
Dein Weib, sich unwohl fühle, Herr: ob's etwa dies ist,
weiß ich nicht.

Pamphilus.

Was sagst du mir denn nichts davon? Weh!

Parmeno.

Alles konnt' ich nicht zugleich.

Pamphilus.

Was fehlt ihr?

Parmeno.

Weiß nicht.

Pamphilus.

Holte denn Niemand den Arzt?

Parmeno.

Ich weiß es nicht.

Pamphilus.

Was säum' ich noch hineinzugeh'n, um gleich zu hören, was
es sei? —
45 In welchem Zustand werd' ich jezt, Philumena, dich finden?
Denn hat's mit dir Gefahr, bin ich, bei'm Himmel, mit verloren.

(ab in das Haus des Phidippus.)

Zweite Scene.

Parmeno allein.

Parmeno.

Nicht nöthig sind' ich's, jezt in's Haus ihm nachzugeh'n;
Denn ihnen, merk' ich, sind wir allzumal verhaßt.
Erst gestern ließ Niemand die Sostrata in's Haus.
Wenn sich die Krankheit etwa jezt verschlimmerte —
5 Was Gott verhüte, wegen meines Herrn zumal! —
Gleich heißt es: der Sklave Sostrata's, der war im Haus;
Der hat gewiß was (komme das auf ihren Kopf!)
Hier angestiftet, daß die Krankheit schlimmer ward.
Man schilt die Herrin dann, und ich komm' übel weg.

Dritte Scene.

Sostrata. Parmeno.

Sostrata.

Ich Arme weiß nicht, was ich schon so lang hier lärmen höre.
Ich fürchte sehr, Philumena's Krankheit hat sich verschlimmert.
Verhütet das, dir fleh' ich, Aesculap, und dir, Hygea!
Jezt muß ich sie seh'n.

(sie will hinein)

Parmeno.
He, Sostrata!

Sostrata.
Nun?

Parmeno.
Wirst wieder abgewiesen.

Sostrata.

5 Ei, Parmeno! Du warest hier? Weh! Was beginn' ich Arme?
Ich soll nicht seh'n des Sohnes Frau, die doch hieneben krank
liegt?

Parmeno.

Nicht sehen? Schicken darfst du selbst Niemand, nach ihr zu sehen.
Denn welcher den liebt, der ihn haßt, der handelt doppelt
thöricht:
Er macht sich selbst vergeblich Müh' und wird dem Andern
lästig.
10 Auch ging dein Sohn, gleich als er kam, hinein, nach ihr
zu sehen.

Sostrata.

Was sagst du? Kam denn Pamphilus?

Parmeno.
Er kam.

Sostrata.
O Dank den Göttern!
Dies Wort ermuthigt meinen Geist, entlastet ihn der Sorge.

Parmeno.

Deßhalb vor Allem wünsch' ich, daß du jezt dort nicht hinein=
gehst.
Denn wenn der Schmerz Philumena's sich etwas legt, so
wird sie,
15 Das weiß ich, ihm allein sofort die ganze Sache kundthun,
Was vorgefallen zwischen euch, woher der Groll entstanden.
Doch sieh, da tritt er selbst heraus: wie traurig!

Vierte Scene.

Sostrata.   Parmeno.   Pamphilus.

Sostrata.

Ah, mein Theurer!

Pamphilus.

Willkommen, Mutter!

Sostrata.

Freut mich, daß du wohl zurückkehrst.   Und wie geht's
Philumena?

Pamphilus.

Ein wenig besser.

Sostrata.

Gebe das der Himmel!
Was aber weinst du denn? Warum so traurig?

Pamphilus.
(ohne zu hören)

Richtig, Mutter!

Sostrata.

Was gab's für Lärmen? Sage mir! Kam ihr der Schmerz
so plözlich?

Pamphilus.

5 Ja!

Sostrata.

Welche Krankheit hat sie denn?

Pamphilus.

Ein Fieber.

Sostrata.

Wohl das tägliche?

Pamphilus.

Man sagt's. — O Liebe, geh' hinein! Ich folge bald.

Sostrata.

Ich gehe.

(sie geht in ihr Haus zurück.)

Pamphilus.

Lauf du den Sklaven, Parmeno, entgegen; hilf bei'm Tragen!

Parmeno.

Wie? Wissen die nicht selbst den Weg nach unserm Hause?

Pamphilus.

(drohend)

Geht's bald?

(Parmeno geht ab.)

Fünfte Scene.

Pamphilus allein.

Pamphilus.

Nein, ich weiß nicht, wie ich passend mein Begegniß melden soll,
Wo zu schildern ich beginne, was mich unerwartet trifft,
Was ich sah mit meinem Auge, was vernahm mit meinem Ohr:
Darum eilt' ich, was ich konnte, ganz betäubt zur Thür
hinaus.

5 Wie ich da voll Angst hineinstürmt' eben, fürchtend, meine Frau
Leide wohl an andrer Krankheit, als ich fand — o wehe mir! —
Schrei'n die Mägde, da sie mich erblicken, all' aus Einem Mund
Freudig auf: „er ist gekommen!" weil sie mich so plözlich sah'n.
Doch bemerkt' ich, wie sich Aller Mienen schnell veränderten,

10 Weil der Zufall so zur Unzeit mich nach Haus zurückgeführt.
Ihrer Eine läuft indessen schnell voraus, und meldet mich.
Ich, voll Sehnsucht, meine Frau zu sehen, folg' ihr auf dem
Fuß.

Als ich eintrat, sah ich Armer gleich, was ihre Krankheit war.
Es zu bergen, ließ die Zeit ihr keinen Raum; auch konnte sie
15 Nicht in andern Tönen klagen, als die Lage selbst gebot.
Als ich's sah, „graunvolle Schandthat!" rief ich, stürzte
schnell hinaus,
Weinte laut, so tief ergriff mich dieser unerhörte Gräul.
Ihre Mutter folgt mir; auf der Schwelle warf sie weinend sich
Auf die Knie: ich fühlte Mitleid. Wahrlich, so ist's, dünkt
es mir:
20 Wie die Dinge sich gestalten, sind wir stolz und demuthvoll.
Dann begann sie so den Anfang ihrer Red', an mich gewandt:
„O mein Pamphilus, du siehst den Grund, warum sie dich
verließ.
Einst als Jungfrau hat ein Schurke sie geschändet, und sie floh
Jezt hieher, vor dir und Andern zu verheimlichen die Geburt."
25 Aber denk' ich ihrer Rede, muß ich weinen, wehe mir!
„Bei dem guten Glücke — sprach sie — das dich heut uns
zugeführt,
Bitten, fleh'n dich an wir Beide, wenn's gerecht, wenn's
billig ist,
Daß du meiner Tochter Unfall heimlich hältst vor aller Welt.
Fand'st du je, daß sie dir hold war, Freund, ersieht sie
jezt von dir
30 Diesen Dienst für ihre Liebe, diese mühelose Gunst.
Ob du sie indeß zurücknimmst, damit halt' es, wie dir's paßt.
Daß sie jezt in Kindesnöthen und von dir nicht schwanger ist,
Weißt nur du mit uns. Es heißt ja, daß sie nach zwei Monaten
Erst mit dir das Lager theilte; sieben Monde sind es nur,
35 Seit sie deine Gattin wurde. Daß du's nicht bezweifelst, zeigt
Dein Benehmen. Jezt, mein Theurer, wünsch' ich und bemühe
mich,

Daß die Niederkunft wo möglich aller Welt verborgen bleibt,
Auch dem Vater.   Aber kann dies nicht gescheh'n und merkt
man es,
Geb' ich eine Frühgeburt vor, und kein Mensch denkt etwas
Andres,
40 Als — wofür auch aller Anschein spricht — es sei dein ächtes
Kind.
Gleich wird's ausgesezt: so hast du keinen Nachtheil sonst
davon,
Und verdeckst die Schande, die der Frevler, ach! ihr angethan."
Ich versprach's, und werde treulich halten, was ich zugesagt.
Denn sie wiedernehmen kann ich doch als Mann von Ehre
nicht,
45 Wenn ich auch durch Lieb' und Umgang fest an sie gekettet bin.
Weinen muß ich, wenn ich denke, wie hinfort mein Leben so
Einsam sein wird. Hohes Glück, wie bist du doch so wandelbar!
Doch hat schon die früh're Liebe hierin mich geübt: von ihr
Riß ich mich aus Ueberlegung los; das Gleiche wag' ich hier!
50 Sieh, Parmeno mit den Sklaven! Der darf nimmermehr
Hier nahe sein; denn ihm vertraut' ich einst allein,
Daß ich im Anfang, als sie meine Gattin ward,
Mich ihr enthalten.   Hört er wiederholt sie schrei'n,
So merkt er, fürcht' ich, daß sie niederkommen will.
55 Deßwegen muß ich sehen, wo ich ihn von hier
Hinschicke, bis Philumena geboren hat.

Sechste Scene.

Parmeno. Sosia. Pamphilus.

(Die Sklaven mit Gepäck als stumme Personen.)

Parmeno.
(zu Sosia)

Im Ernste? War die Reise dir recht unbequem?

Sosia.

Es läßt sich nicht in Worte fassen, Parmeno,
Wie gar beschwerlich eine Seefahrt ist.

Parmeno.
       Im Ernst?

Sosia.

Du, Sohn des Glückes, kennst es nicht, das schwere Leid,
5 Das dich verschont hat, weil du nie das Meer befuhrst.
Von anderm Elend schweig' ich; denk' an dieses nur:
Wohl dreißig Tage war ich oder mehr zu Schiff,
Indeß ich stündlich meinem Tod entgegensah,
Ich Armer: also rast' in Einem fort der Sturm.

Parmeno.

10 Graunvoll!

Sosia.

    Ich weiß das. Wahrlich, müßt' ich noch einmal
Die Fahrt bestehen, lief' ich lieber weit davon.

Parmeno.

Vormals bestimmten leichte Gründe dich, zu thun,
Womit du jezt drohst, Sosia. Doch Pamphilus —

Da seh' ich selbst ihn stehen vor der Thüre.

(zu den Sklaven)
Geht

15 Hinein! Ich frag' ihn, ob er was von mir begehrt.

(Sofia und die anderen Sklaven mit dem Gepäck entfernen sich.)

Herr, stehst du noch hier?

Pamphilus.
Ich erwarte dich.

Parmeno.
Warum?

Pamphilus.

Zur Burg hinauf muß Einer.

Parmeno.
Und wer muß?

Pamphilus.
Du, du!

Parmeno.

Zur Burg? Was da?

Pamphilus.
Den Gastfreund Callidemides

Von Myconos such' auf; er fuhr hieher mit mir.

Parmeno.
(bei Seite)

20 Weh! Der gelobte, scheint es, mich durch Laufen todt
Zu hezen, käm' er wieder heim mit heiler Haut.

Pamphilus.

Geht's bald?

Parmeno.
Was sag' ich? Soll ich bloß hingeh'n zu ihm?

Pamphilus.

Nein, was ich ihm versprochen, heut ihn noch zu seh'n,
Das gehe nicht, bedeut' ihm, daß er nicht umsonst
25 Mich dort erwartet. Eile, flugs!

Parmeno.

          Ich kenne ja

Das Angesicht des Mannes nicht.

Pamphilus.

          Das sollst du gleich.

Ein großer, rother, dicker Mann, mit krausem Haar,

Mit grauen Augen, einem Leichenangesicht.

Parmeno.

(bei Seite)

Daß ihn ein Gott verdamme!

(laut)

          Wenn er aber nun

30 Nicht käme? Soll ich bleiben, bis es Abend wird?

Pamphilus.

Ja, freilich! Lauf nur!

Parmeno.

        Kann es nicht; so matt bin ich.

(ab.)

Pamphilus.

(allein)

Fort ist er! — Was beginn' ich? Weiß es wahrlich nicht,

Wie ich's verhehle, was mich bat die Myrrhina:

Der Tochter Kindbett; denn sie jammert mich, die Frau.

35 Ich werde thun, was möglich, doch der Kindespflicht

Nicht nahe treten; muß ich doch der Mutter mehr,

Als meiner Liebe, folgen. Ei! Da seh' ich ja

Phidippus und den Vater. Hierher kommen sie.

Was soll ich ihnen sagen? Nein, das weiß ich nicht.

Siebente Scene.

Laches. Phidippus. Pamphilus.

Laches.
(zu Phidippus)

Haſt du nicht vorhin geſagt, ſie warte nur auf meinen Sohn?

Phidippus.

Ja.

Laches.

Der kam, wie's heißt. Sie komme!

Pamphilus.
(für ſich)

Was ich meinem Vater jezt
Sagen ſoll, warum ich ſie nicht wiedernehme, weiß ich nicht.

Laches.

Weſſen Stimme hört' ich eben?

Pamphilus.
(für ſich)

Gut! Den Weg, den ich zu geh'n
5 Mich entſchloſſen, halt' ich ein.

Laches.

Da ſteht er ſelbſt, von dem ich ſprach.

Pamphilus.

Heil dir, Vater!

Laches.

Sohn, willkommen!

Phidippus.

Freut mich, daß du heimgekehrt,
Pamphilus, und (was das Beſte) wohl und munter.

Pamphilus.

Glaube dir's.

Laches.

Kommst du eben?

Pamphilus.

Eben.

Laches.

Sprich: was hinterließ denn Phania,

Unser Vetter?

Pamphilus.

Ach! So lang er lebte, ließ der Mann es sich
10 Immer wohlsein; und ein Solcher macht den Erben niemals
reich,

Hinterläßt er auch den Ruhm: „so lang er lebte, lebt' er gut."

Laches.

Also weiter hast du nichts uns mitgebracht, als diesen Spruch?

Pamphilus.

Was er auch, viel oder wenig, hinterließ, kommt uns zu gut.

Laches.

Nein, es schadet; denn ich wollte, daß er lebte, und gesund.

Phidippus.

15 Dieser Wunsch ist unbedenklich; lebt er doch nie wieder auf.
Und ich weiß ja, was dir lieber ist.

Laches.
(zu Pamphilus)

Der
(auf Phidippus deutend)
ließ Philumena

Gestern holen.
(leise zu Phidippus, ihn anstoßend:)
Sage doch, daß du's befahlst.

Phidippus.
(leise zu Laches)

Dein Stoßen laß!

(laut)

Ich befahl's.

Laches.

Doch wird er bald sie wieder schicken.

Phidippus.

Freilich wohl!

Pamphilus.

Weiß bereits den ganzen Vorfall; als ich kam, erfuhr ich ihn.

Laches.

20 Daß ein Gott den Neid verderbe, der gern solche Kunden bringt!

Pamphilus.

(zu Phidippus)

Immer hab' ich mich gehütet, daß mit Recht mich keine Schmach

Treffen kann von euch. Und wollt' ich jezt erwähnen, wie
ich treu,

Liebevoll und sanften Sinnes gegen deine Tochter war,

Könnt' ich's wahrhaft; doch ich wünsche, daß du's von ihr
selbst erfährst.

25 Denn du wirst dann unbedenklich meiner Sinnesart vertrau'n,

Wenn sie günstig über mich spricht, die mir jezt ungünstig ist.

Daß die Trennung meine Schuld nicht, ruf' ich Gott zum
Zeugen an.

Aber weil sie's ihrer unwerth hält, sich meiner Mutter zu

Fügen und in ihre Launen sich zu schicken mit Geduld,

30 Auch in keiner andern Weise Beide zu versöhnen sind,

Muß ich von der Mutter scheiden oder von Philumena.

Nun gebeut mir meine Pflicht als Sohn, die Mutter vorzuzieh'n.

Laches.

Pamphilus, wohl lieblich klangen deine Worte meinem Ohr,

Weil ich sehe, daß dir deine Mutter mehr als Alles ist.

35 Aber daß du doch im Zorne nicht verkehrt darauf bestehst!

Pamphilus.

Wie sollt' ich auch, von Zorn gereizt, jezt gegen sie unbillig sein,

Die gegen mich nie, was ich ungern sah, gethan,

Und Vieles, was ich gerne sah. Ich liebe, ja,
Ich lobe sie, ich schmachte sehnsuchtvoll nach ihr;
40 Denn mir, erfuhr ich, war sie herzlich zugethan.
Drum wünsch' ich, daß sie fortan ihre Lebenszeit
Mit einem Mann verlebe, der beglückter ist,
Als ich, da sie das Schicksal mir vom Herzen reißt.

Phidippus.

Das kannst du ja verhindern.

Laches.

Bist du klug, so laß

45 Sie wieder kommen.

Pamphilus.

Vater, nein, das will ich nicht.

Der Mutter Bestes geht mir vor.

(will gehen)

Laches.

Wo willst du hin?

Wohin? Bleib! Bleibe, sag' ich.

Phidippus.

Welch ein Eigensinn!

(Pamphilus geht ab.)

Achte Scene.

Laches. Phidippus.

Laches.

Das nimmt er übel; sagt' ich's doch! Drum bat ich dich,
Die Tochter heimzuschicken.

Phidippus.

Die Lieblosigkeit,

Bei allen Göttern, hätt' ich ihm nicht zugetraut.

Donner, Publius Terentius.   30

Der meint vielleicht, ich solle lang ihn bitten? Nein!
5 Will er die Frau behalten, — gut! Im andern Fall
Zahl' er die Mitgift uns zurück, und ziehe hin!

Laches.

Sieh doch! Auch du fährst übermäßig zornig auf.

Phidippus.

Ja, Pamphilus, recht trozig kamst du wieder heim!

Laches.

Der Zorn entweicht schon; freilich hat er Grund dazu.

Phidippus.

10 Weil euch an Geld ein Bischen zugefallen ist,
Schwillt euch der Kamm auf.

Laches.

Haderst du jezt auch mit mir?

Phidippus.

Er mag sich's überlegen, um noch heute mir
Bescheid zu geben, ob er sie behalten will,
Daß, wenn er nicht will, sie ein Andrer nehme!

(ab.)

Laches.

Bleib,

15 Phidippus! Auf ein Wort! — Er geht! — Nun immerhin!
Sie mögen selbst es unter sich, ganz wie's beliebt,
Abthun am Ende, weil sie meinem Rathe doch
Nicht folgen, er so wenig als mein Sohn: mein Wort
Gilt ihnen nichts. So trag' ich meiner Frau den Zank
In's Haus, geschah doch Alles nur auf ihren Rath,
Und über sie denn schütt' ich allen Aerger aus.

Vierter Act.

Erste Scene.

Myrrhina (ganz verstört aus dem Hause stürzend). **Phidippus.**

Myrrhina.

Weh mir! Was beginn' ich? Wohin flieh' ich? Was antwort'
ich Arme

Meinem Manne? Denn er hörte, wie mir scheint, den Knaben
wimmern,

Weil er da so plözlich schweigend in's Gemach der Tochter eilte.

Wenn er ihre Niederkunft erfährt, ich weiß nicht, was ich sage,

5 Daß ich sie so heimlich hielt.

Die Thüre dröhnt; ich glaub', er kommt heraus zu mir.
　　　　　　　　　Mit mir ist's aus!

Phidippus.

Wie sie mich zur Tochter geh'n sah, meine Frau, gleich schlich
sie fort.

Doch sieh, da steht sie. — Myrrhina! Was, du? — Dich
mein' ich.

Myrrhina.

　　　　　　　　　Lieber Mann, mich?

Phidippus.

Dein Mann ich? Hältst du mich für einen Mann, für einen
Menschen nur?

10 Wenn ich je für Eins von Beiden dir gegolten hätte, Weib,
Wär' ich nicht durch dein Gebahren so verhöhnt.

Myrrhina.

Woburch?

Phidippus.

Du fragst noch?

Unsre Tochter hat ein Kind. Du schweigst? Von wem?

Myrrhina.

Darf dies ein Vater
Fragen? Wehe mir! Von wem denn anders, als von ihrem
Manne?

Phidippus.

Glaub' es; und wie kann ein Vater anders denken? Doch
mich wundert,

15 Was du ihre Niederkunft uns Allen so verbergen wolltest,
Um so mehr, da sie gehörig und zu rechter Zeit gebar;
Daß du so hartnäckig warst, den Knaben lieber todt zu wünschen,
Der hinfort das Band der Freundschaft zwischen uns noch
fester knüpfte,
Als sie gegen deinen Wunsch ihm wiederum vereint zu sehen!

20 Meint' ich doch, die Schwiegereltern sei'n an Allem schuld,
und du bist's.

Myrrhina.

Weh, ich Arme!

Phidippus.

Daß du wahr spräch'st! Aber eben fällt mir ein,
Was du damals sagtest, als wir ihn zum Schwiegersohn gewählt.
Nimmer kann ich meine Tochter, sagtest du, dem Manne geben,
Der mit einer Meze liebelt, der die Nacht auswärts verbringt.

Myrrhina.
(bei Seite)

25 Mag er jeden andern Grund sich denken, nur den wahren nicht!

Phidippus.

Wußt' ich doch um diese Liebschaft lang vor dir, o Myrrhina;
Doch ich habe dies der Jugend nie so hoch anrechnen mögen:
So sind wir Alle von Natur; bald kommt die Zeit, da's
ihn gereut.
Doch, wie du sonst dich zeigtest, haft du bis zur Stunde dich
gezeigt,

30 Von ihm die Tochter abzuzieh'n, zu hintertreiben, was ich that.
Nun zeigt ja die Geschichte, wie du's auszuführen dachtest.

Myrrhina.

Glaubst du mich so eigensinnig, daß ich, ihre Mutter, so
Gegen sie verführe, wäre dieser Bund ein Glück für uns?

Phidippus.

Kannst du voraussehn, kannst du denn entscheiden, was uns
dienlich ist?

35 Hörtest du vielleicht von Jemand, daß er ihn bei seiner Freundin
Aus- und eingeh'n sehen: was ist's weiter dann, geschah es nur
Selten und mit Maße? Wär's nicht menschlicher, unwissend sich
Zu stellen, als mit Eifer auszuspähen, was uns Haß erweckt?
Denn wenn er sich so schnell von ihr losreißen könnte, die
mit ihm

40 Umging so lange, hielt' ich ihn für keinen Menschen, noch
für treu
Im Ehebund mit meinem Kind.

Myrrhina.

Genug von ihm, Freund, und von dem,
Was ich verschuldet haben soll! Geh hin und sprich allein
mit ihm;

Frag' ihn, ob er sie zurücknimmt.   Sagt er ja, so gib sie ihm;
Sagt er nein, so that ich wohl, daß ich gesorgt für unser Kind.

Phidippus.

45 Will er selbst nicht, und du merktest, daß an ihm der Fehler lag,
Myrrhina, war ich der Mann, dem hier zu sorgen ziemlich war.
Darum zürn' ich, daß du solches wagtest ohne mein Geheiß.
Frau, du lässest mir das Kind nicht über unsre Schwelle
bringen! —

(bei Seite)

Doch ich Thor, von der zu fordern, daß sie meinem Wort
gehorcht!

50 Meinen Sklaven sag' ich, daß es nicht vor unsre Thüre kommt.

(ab.)

Zweite Scene.

Myrrhina allein.

Myrrhina.

Wohl lebt auf Erden Keine, die das Unglück mehr verfolgt
als mich!

Denn wie's mein Mann aufnehmen wird, wenn er die Wahrheit
ganz erfährt,

Das seh' ich deutlich, nun ihn schon das Leicht're da so zornig
macht.

Und wahrlich, ihn auf andern Sinn zu bringen, weiß ich
keinen Weg.

5 Dies Eine Leid noch fehlte mir zu meinem vielen Leide, daß
Ein Kind, von dessen Vater ich nichts weiß, mir aufgedrungen
wird.

Denn als der Frevler seine Lust an meiner Tochter büßte, ließ
Sich nicht erkennen die Gestalt: so finster war die Nacht umher;

Auch nahm sie nichts ihm ab, woran man später ihn erkennen
mag.

10 Er selber riß ihr einen Ring vom Finger, als er weiter ging.

Wohl kann auch (fürcht' ich) Pamphilus nicht länger schweigen,
wie wir ihn

Gebeten, wenn er hört, wir zieh'n ein fremdes Kind für
seines auf.

(ab.)

Dritte Scene.

Sostrata. Pamphilus.

Sostrata.

Ich weiß, du hast mich im Verdacht, daß meinetwegen deine Frau

Das Haus verlassen, lieber Sohn, obwohl du mir's sorgsam
verhehlst.

Doch — liebten so die Götter mich, verlieh'n sie so mir Freud'
an dir,

Als ich's mit Wissen nie verdient, daß sie mit Recht mich
hassen kann!

5 Und glaubt' ich sonst, du liebtest mich, so hast du mir es nun
bewährt.

Denn eben hat dein Vater mir erzählt, wie du mich deiner Frau

Vorzogst, die Mutter. Jezt bezeug' ich mich dafür erkennt=
lich), will

Dir zeigen, daß ich Zärtlichkeit des Kindes wohl zu lohnen weiß.

Mein Pamphilus, so, glaub' ich, wird's euch dienlich sein und
meinem Ruf:

10 Ich gehe, das steht fest bei mir, mit deinem Vater auf das
Land,

Auf daß nicht meine Gegenwart, noch sonst ein Grund,
Philumena's
Rückkehr zu dir verzög're.

Pamphilus.

Gott! Ich bitte dich, welch ein Entschluß!
Vor ihrer Thorheit weichst du, willst auf's Land hinauszieh'n
aus der Stadt?
Das thust du nicht: nie soll ein Feind uns schelten, nur mein
Eigensinn,
15 Nicht deine Güte, Mutter, sei's, die dich zu diesem Schritte trieb.
Auch sollst du deinen Freundinnen, Verwandten und den Festen
hier
Niemals entsagen meinethalb!

Sostrata.

Das macht mir kein Vergnügen mehr.
So lang's die Jahre mir vergönnt, genoß ich zur Genüge; jetzt
Bin ich des Treibens herzlich satt. Nun ist mein Haupt-
anliegen, daß
20 Mein Alter Niemand lästig sei, Niemand erwarte meinen Tod.
Hier bin ich ohne meine Schuld verhaßt; es ist jezt Zeit zu
geh'n.
So schneid' ich Allen, wie mich dünkt, am besten alle Klagen ab,
Und löse mich aus dem Verdacht, und füge mich in ihren Sinn.
O laß dem bösen Rufe mich entfliehen, der uns Frau'n verfolgt!

Pamphilus.

25 Wie glücklich wär' ich sonst in Allem, wäre nur dies Eine nicht,
Bei solcher Mutter, solchem Weib!

Sostrata.

Ich bitte dich, mein Pamphilus!
Du könntest etwas Unbequemes, was es sei, nicht überseh'n?

Ist alles Andre, wie du willst, und wie ich denke, daß es sei —
So thue mir die Liebe, Sohn, und nimm sie wieder.

Pamphilus.

Weh mir, weh!

Sostrata.

30 Und wehe mir! Denn was ich hier empfinde, schmerzt mich
so wie dich.

Vierte Scene.

Laches. Sostrata. Pamphilus.

Laches.

Was du mit dem Sohne sprachest, hört' ich, Frau, hier in
der Nähe.

Das nenn' ich weise, wenn man sich bezwingen kann, wo's
nöthig ist,

Und gleich von selbst thut, was vielleicht doch späterhin geschehen
muß.

Sostrata.

Segn' es Gott!

Laches.

Auf's Land hinaus denn! Dort ertrag' ich dich, du mich.

Sostrata.

5 Ja, das hoff' ich.

Laches.

Geh' hinein, und was du mit dir nehmen willst,
Das rüste: hörst du?

Sostrata.

Wie du befiehlst.

(geht ab.)

Pamphilus.

Mein Vater!

Laches.

                                 Was

Willst du, Pamphilus?

Pamphilus.

Die Mutter wegzieh'n? Nimmermehr!

Laches.

                            Warum nicht?

Pamphilus.

Weil ich wegen meiner Frau noch ungewiß bin, was ich
thun soll.

Laches.

Wie? Was sonst, als heim sie führen?

Pamphilus.

(für sich)

Wünsch' es selbst, kann kaum mich halten.

10 Doch ich ändre meinen Plan nicht; was mir frommt, das
führ' ich aus.

(laut)

Führ' ich sie zurück, so werden Beide wohl einträchtiger sein?

Laches.

Kannst es gar nicht wissen! Doch dich schiert nicht, was die
Frauen thun,

Wenn die Mutter aus dem Haus ist. Unsers Alters Leute sind
Jungen stets ein Dorn im Auge: besser denn, man räumt
das Feld.

15 Pamphilus, am Ende gibt es noch ein Mährchen über uns:
„Es war einmal ein alter Mann, und war ein altes Weibchen."
Doch sieh, da kommt Phidippus, wie gerufen! Geh'n wir näher.

Fünfte Scene.

Phidippus. Laches. Pamphilus.

Phidippus.
(spricht zu seiner Tochter in's Haus hinein)

Auch dir, bei'm Himmel, zürn' ich recht, Philumena,
Und das im Ernste; denn es ist recht schlecht von dir.
Wohl hast du den Grund, deine Mutter gab den Rath.
Doch die hat keinen.

Laches.
     Wie gerufen, zeigst du dich,
5 Phidippus, kommst mir eben recht erwünscht.

Phidippus.
                Was ist's?

Pamphilus.
(bei Seite)

Was sag' ich ihnen? Oder wie halt' ich's geheim?

Laches.

Der Tochter sage: Sostrata zieht jezt auf's Land;
Sie dürfe sich nicht scheuen, heimzukommen.

Phidippus.
              Ah!

Gar keine Schuld, Freund, hatte deine Frau dabei;
10 Von Myrrhina, der meinen, schreibt sich Alles her —

Pamphilus.
(für sich)

Die Rollen wechseln.

Phidippus.
     Aller Wirrwarr kommt von ihr.

Pamphilus.
(für sich)

Fortzanken mögt ihr immerhin, so viel ihr wollt,
Wenn ich sie nur nicht endlich wieder nehmen muß!

Phidippus.

Ich wünsche wahrlich, Pamphilus, daß unsere
15 Verschwägerung bestehe, wenn es möglich ist;
Doch wenn du andern Sinnes bist, so nimm das Kind.

Pamphilus.
(für sich)

O weh! Er kam dahinter, daß sie geboren hat.

Laches.

Ein Kind? Und welch Kind?

Phidippus.

Einen Enkel haben wir;
Denn schwanger war die Tochter, als sie euch verließ,
20 Wovon ich gar nichts wußte bis auf diesen Tag.

Laches.

O frohe Botschaft, so mir Gott! Des Kinds Geburt,
Der Mutter Wohlsein freut mich sehr. Doch welch ein Weib
Ist deine Frau! Welch eine Sinnesart! So lang
Uns das zu verhehlen! Keine Worte find' ich, traun,
25 Um auszusprechen, wie verkehrt mir Solches dünkt.

Phidippus.

Mir, Laches, mir misfällt es ebenso wie dir.

Pamphilus.
(für sich)

Auch wenn ich bisher immer noch unschlüssig war:
Jezt bin ich's nicht mehr, nun ein fremdes Kind ihr folgt.

Laches.

Jezt hast du weiter kein Bedenken, Pamphilus.

Pamphilus.
(für sich)

30 Weh mir!

Laches.

Wie oft, ach, wünschten wir den Tag zu seh'n,
Daß Einer lebte, der entsprossen, Sohn, von dir,
Dich Vater nennte! Dieser Wunsch, er ist erfüllt:
Den Göttern Dank!

Pamphilus.
(für sich)

Ich bin des Todes!

Laches.

Nimm die Frau
Zurück, und widerstrebe mir nicht länger mehr!

Pamphilus.

35 Mein Vater, wenn sie Kinder sich von mir gewünscht,
Und mit mir leben wollte, dann bin ich gewiß,
Sie würde nicht verbergen, was sie mir verbarg.
Jezt, weil ich finde, daß ihr Herz mir abgeneigt —
Und glauben kann ich nimmermehr, daß späterhin
40 Ein gut Vernehmen unter uns sich bilden wird —
Wozu sie wieder nehmen?

Laches.

Was die Mutter rieth,
Das that das arme Weibchen. Ist das wunderbar?
Meinst wohl, du könnest eine ganz schuldlose Frau
Auffinden? Etwa, weil der Mann sich nicht vergeht?

Phidippus.

45 Ihr, überlegt nun, Laches, und du, Pamphilus,
Ob ihr die Frau entlassen, ob heimführen wollt.
Was meine Frau thut, steht allein in ihrer Hand:

In beiden Fällen mach' ich keine Schwierigkeit.
Was aber soll's mit dem Kinde?

Laches.

Fragst doch lächerlich!
50 Was auch gescheh'n mag, diesem gib, was sein gehört;
Wir zieh'n es auf als unsres.

Pamphilus.

Was der Vater selbst
Verließ, soll ich erziehen?

Laches.

Wie? Wir sollten's nicht
Erzieh'n? Vielmehr verlassen? Pamphilus, wie toll!
Nicht länger kann ich schweigen; zwingst du doch mich selbst,
55 Vor diesem Mann zu sagen, was ich nicht gewollt.
Du meinst vielleicht, ich wisse deine Thränen nicht
Zu deuten oder was dich so unruhig macht?
Als du den Vorwand brauchtest, daß du deine Frau
Der Mutter wegen nicht behalten könnest; da
60 Versprach die Mutter, aus dem Hause wegzugeh'n.
Jezt, da du dir auch diesen Grund entrissen siehst,
Fandst du den andern, weil sie hinter dir gebar.
Du täuschest dich, ich kenne deine Wünsche wohl.
Wie lange sah ich deinem Hang zur Bacchis nach,
65 Mit welcher Ruhe ließ ich mir gefallen, was
Du der zulieb' aufwandtest, daß du endlich doch
Dein Herz zur Ehe stimmtest! Ich ermahnte dich,
Ich bat, beschwor dich, eine Frau zu nehmen; denn
Es sei nun Zeit; auf mein Betreiben freitest du.
70 Dies hast du, mir gehorsam, wie sich's ziemt, gethan;
Jezt hängst du dich von Neuem an die Buhlerin,
Und ihr gefällig kränkst du deine Frau sogar.

Denn wieder seh' ich in dein altes Leben dich
Versunken.

Pamphilus.

Mich?

Laches.

Ja, dich. Und unrecht thust du, sinnst
75 Vorwände dir zu neuer Zwietracht aus, mit ihr
Zu leben, wann du diese Zeugin fortgeschafft.
Und deine Frau hat's auch gemerkt; wo hatte sie
Sonst einen Grund zur Trennung?

Phidippus.

Ist es wahrlich doch,
Als ob der Mann ein Seher wäre! Ja, so ist's.

Pamphilus.

80 Beschwören will ich, daß daran nichts Wahres ist.

Laches.

So nimm sie wieder, oder sprich, warum's nicht geht.

Pamphilus.

Jezt ist die Zeit nicht.

Laches.

Nimm das Kind; das ist ja doch
Schuldlos; der Mutter wegen will ich später seh'n.

Pamphilus.
(bei Seite)

Allüberall Unglück! Ich weiß nicht, was ich soll:
85 So drängt von allen Seiten mich mein Vater jezt.
Ich gehe, da mein Bleiben doch nichts helfen kann.
Man nimmt ja, denk' ich, ohne mein Geheiß das Kind
Nicht auf, zumal mir hier die Schwiegermutter hilft.

(ab.)

Sechste Scene.

Laches. Phidippus.

Laches.

Du läufst davon? Antwortest nichts Bestimmtes mir? —
(zu Phidippus)
Scheint dir der Mensch bei Sinnen? — Mag er geh'n! —
Das Kind
Gib mir, Phidippus! Ich erzieh's.

Phidippus.

Von Herzen gern.
Kein Wunder, wenn sich meine Frau hier ärgerte.
5 Herb sind die Weiber, nehmen so was nicht so leicht:
Daher ihr Grollen, wie sie selbst es mir erzählt.
So lang er da war, mocht' ich dir's nicht sagen. Und
Erst glaubt' ich's auch nicht; aber jezt ist's offenbar.
Denn vor der Ehe hat er Scheu, das liegt am Tag.

Laches.

10 Was aber thun, Phidippus? Sprich: was räthst du mir?

Phidippus.

Was thun? Vor Allem geh'n wir an die Dirne selbst.
Wir bitten sie, wir klagen, schelten, droh'n zulezt
Recht ernstlich, wenn sie ferner noch mit ihm verkehrt.

Laches.

Das will ich thun.
(er ruft in das Haus nach einem Sklaven)
He, Junge! Geh zur Bacchis hier,
15 Der Nachbarin; in meinem Namen rufe sie.
(zu Phidippus)
Dich bitt' ich, hier mir ferner beizustehen.

Phidippus.
Ah!

Ich sagte schon, und sag' es, Laches, noch einmal:
Ich wünsche sehr, daß die Verbindung zwischen uns
Bestehe, wenn's nur, was ich hoffe, möglich ist.
20 Soll ich dabei sein, wenn du mit der Bacchis sprichst?

Laches.
Du gehst und schaffst dem Kleinen eine Amme her!
                                    (Phidippus geht ab.)

Siebente Scene.

Laches. Bacchis mit zwei Sklavinnen.

Bacchis.
(für sich)

Wie soll ich das mir deuten, daß mich Laches jezt zu sprechen
                              wünscht?
Traun, wenn ich mich nicht täusche, bin ich seiner Absicht
                              auf der Spur.

Laches.
(für sich)

Ich muß mich hüten, daß ich nicht in meinem Zorne weniger
Erlange, denn ich könnte, muß mich hüten, einen Schritt
                              zu thun,
5 Den nicht gethan zu haben, mir am Ende lieber wäre.   Nun,
Red' ich sie an!
                    (er tritt ihr näher)
Willkommen, Bacchis!

Bacchis.
Willkommen, Laches!

Laches.
        Bacchis, dich befremdet's wohl ein wenig,
Was es sein mag, daß ich dich durch meinen Sklaven rufen lasse.

Bacchis.

Fürwahr, bedenk' ich, wer ich bin, so fürcht' ich selbst, es schade
10 Mir meines Standes Name; denn leicht schützt mich mein
Betragen.

Laches.

Ist das die Wahrheit, Märchen, hast du nichts von mir zu
fürchten;

Denn ich bin in Jahren, wo man keinen Mißgriff mir verzeih'n
kann.

Um so mehr behandl' ich Alles mit Besonnenheit und Vorsicht.

Denn thust du jezt und später, wie's für Wackre ziemt, so
wär' es

15 Unart, ja schlecht, dir wehzuthun, nachdem du nichts verschuldet.

Bacchis.

Bei'm Himmel, dafür bin ich dir zu großem Dank verbunden.

Denn wer das Unrecht, wenn's gethan, entschuldigt, hilft mir
wenig.

Indeß — was soll dies?

Laches.

Pamphilus, mein Sohn, besucht dich oft —

Bacchis.

(unterbricht ihn heftig)

Wie? Mich?

Laches.

Geduld! — Bevor er diese Frau nahm, sah ich eurer Liebe nach.

(Bacchis will ihm in's Wort fallen)

20 Warte: noch ist nicht gesprochen, was ich will! — Er hat
für jezt

Eine Frau; such' einen Andern dir, so lange guter Rath gilt.

Denn seine Neigung ist nicht ewig, deine Jugend wird verblüh'n.

Bacchis.
(in höchster Aufregung)

Wer sagt das?

Laches.

Die Schwiegermutter.

Bacchis.
Und von mir?

Laches.

Von dir, und holte

Heim die Tochter, wollte darum gar das neugeborne Kind

25 Heimlich aus dem Wege schaffen.

Bacchis.
Wüßt' ich etwas Heiligeres,

Was von meiner Ehrlichkeit euch Bürge wäre, als den Eid,

Freudig würd' ich dir's betheuern, daß ich, seitdem Pamphilus

Eine Frau genommen, Laches, ihn von mir stets ferne hielt.

Laches.

Gutes Kind! Doch weißt du, was mir lieber wäre?

Bacchis.

Was denn? Sprich.

Laches.

30 Zu den Frau'n hier geh' hinein, und schwöre ganz denselben Eid

Ihnen auch: thu' ihren Willen, löse dich von dem Verdacht.

Bacchis.

Ich werde thun, was Keine sonst aus meinem Stande thäte, daß

Sie sich vor einer Ehefrau in solchem Falle zeigte. Doch

Ich will nicht, daß ein falscher Ruf an deinem Sohne hafte, daß

35 Er unverdient leichtsinniger erscheine, wo's am mindsten

ziemt, —

Vor euch. Um mich verdient er's, daß ich ihm erweise,

was ich kann.

31 *

Laches.

Was du sprachest, hat dir meine Gunst gewonnen; denn die
Frauen
Nährten nicht allein den Argwohn; nein, ich glaubte selbst daran.
Nun ich anders dich gefunden, als wir all' erwarteten:
40 Bleibe fortan so; genieße meiner Freundschaft, wie du willst.
Wenn indeß — doch nein! ich schweige, hörst von mir kein
schlimmes Wort.
Eines rath' ich: wolle lieber, was als Freund ich bin und kann,
Als den Feind in mir erproben.

Achte Scene.

Phidippus mit einer Amme. **Laches. Bacchis**
(mit den beiden Mägden).

Phidippus.
(zu der Amme)

Frau, in meinem Hause soll's
An Nichts dir mangeln; was du brauchst, erhältst du stets
in Fülle.
Doch wenn du Hunger und Durst gestillt, dann mache mir auch
den Knaben satt.
(die Amme geht ab.)

Laches.
(zu Bacchis)

Sieh, unser Schwiegervater kommt, und bringt die Amme
für das Kind.
(indem Phidippus näher kommt)
5 Phidippus, hoch und heilig schwört das Mädchen —

Phidippus.

Ist das Bacchis?

Laches.

Ja.

Phidippus.

Die fürchten keine Götter, und die Götter achten ihrer nicht.

Bacchis.
(auf die beiden Mägde deutend)

Ich gebe dir die Mägde preis: du kannst durch jede Folter,
Die dir beliebt, ich wehr' es nicht, sie zum Geständniß bringen.
Hier gilt's zu sorgen, daß die Frau des Pamphilus zurückkehrt.
10 Und hab' ich dieses ausgewirkt, so schäm' ich mich des Rufes
        nicht,
    Daß ich allein that, was zu thun sich andre Buhlerinnen
        scheu'n.

Laches.

Phidippus, fälschlich waren, wie die That es jetzt erwiesen,
Uns unsre Frau'n verdächtig; nun, — versuchen wir's mit
        dieser!
Hört deine Frau, daß Pamphilus grundlos beschuldigt worden,
15 So weicht ihr Groll. Und zürnt mein Sohn, weil seine
        Gattin heimlich
Geboren, ist das weiter nichts; der Zorn geht bald vorüber.
Hier liegt gewiß kein Fehler vor, der eine Trennung heischte.

Phidippus.

Wohl wünsch' ich's.

Laches.

        Frage Bacchis hier! Sie wird dir volle Genüge thun.

Phidippus.

Was sagst du mir das? Hast du nicht vorhin von mir
        vernommen,
20 Was ich darüber denke? Stellt die Frauen nur zufrieden!

Laches.

Ich bitte, Bacchis, halte dein Versprechen.

Bacchis.

Deßhalb also soll
Ich hingeh'n?

Laches.

Ja, und stelle sie zufrieden, daß sie's glauben.

Bacchis.

Ich gehe, weiß ich gleich, man wird mich heut ungerne sehen.
Denn Frau'n, von ihrem Mann getrennt, sind feind den
Buhlerinnen.

Laches.

25 Doch diese werden freundlich sein, vernehmen sie, warum du
kommst.

Phidippus.

(zugleich)

Die werden, das versprech' ich dir, sobald sie's hören, freundlich
sein.
Denn frei vom Irrthum machst du sie, und dich von dem
Verdachte.

Bacchis.

(bei Seite)

Weh mir!
Wie scheu' ich doch die junge Frau!

(zu den Mägden)

Folgt mir hinein, ihr Beiden!

(ab.)

Neunte Scene.

Laches allein.

Laches.

Ich wünschte mir nichts lieber, als was Bacchis nun bevorsteht:
Dank ohne Mühe wird sie sich verdienen und mir nützen.
Denn wenn sie jezt im Ernste sich von Pamphilus getrennt hat,
So darf sie wahrlich auf Gewinn, auf Ruhm und Ehre zählen,
5 Erweist ihm Dank, und macht zugleich sich uns dadurch zu
Freunden.

Fünfter Act.

Erste Scene.
Parmeno allein.

Parmeno.

Wahrlich, meine Dienste schäzt mein Herr gering; er schickte mich
Auf die Burg um nichts; vergeblich saß ich da den ganzen Tag,
Callidemides erwartend, unsern Gast aus Myconos.

Size dort wie närrisch heute; wer da kam, den trat ich an,
5 Fragte: „Jüngling, sprich, ich bitte, bist du nicht aus
Myconos?

„Nein." — „Aber Callidemides?" — „Nein." — „Hast du
keinen Gastfreund hier —

Pamphilus?" — Nein sagte Jeder. Und es gibt wohl Keinen so,
Glaub' ich. Endlich schäm' ich mich und ging. — Doch seh'
ich Bacchis da

Nicht aus unsres Schwähers Hause kommen? Was thut diese
hier?

Zweite Scene.
Parmeno. Bacchis.

Bacchis.
(da sie Parmeno bemerkt)
10 Parmeno, du kommst gelegen: laufe schnell zu Pamphilus!
Parmeno.
Was da?

Bacchis.

Bitt' ihn herzukommen.

Parmeno.

Zu dir?

Bacchis.

Nein, zur Philumena.

Parmeno.

Was ist vor?

Bacchis.

Laß ab zu fragen, wo dich Etwas nicht berührt.

Parmeno.

Sag' ich nichts mehr?

Bacchis.

Doch: den Ring, den Pamphilus mir einst geschenkt,
Habe Myrrhina für ihrer Tochter Ring erkannt.

Parmeno.

Ich weiß.

15 Also dies?

Bacchis.

Ja! Wenn er das von dir erfährt, so kommt er gleich.
Doch du säumst?

Parmeno.

Nein, wahrlich; heute war mir dies noch nicht vergönnt;
So mit Laufen und mit Rennen bracht' ich hin den ganzen Tag.

(ab.)

Dritte Scene.

Bacchis allein.

Bacchis.

Welch große Freude schuf ich heut durch meinen Gang dem
Pamphilus!
Wie viel Erwünschtes bracht' ich ihm! Wie viele Sorge nahm
ich ihm!

Geb' ihm den Sohn zurück, der fast durch ihn und diese
Frauen hier

Verloren war, die Gattin auch, von welcher er sich losgesagt;

5 Von dem Verdacht, in dem er bei Phidippus und dem Vater
stand,

Befrei' ich ihn. Dies auszuspäh'n, gab uns der Ring
Gelegenheit.

Ich weiß es noch, vor ungefähr zehn Monden kam er Abends

Ganz athemlos zu mir in's Haus gerannt, allein und trunken,

Mit diesem Ring. Ich erschrack sofort. Mein Liebster, Bester,
rief ich,

10 Warum so gar verstört? Woher der Ring? Ich bitte, sag' es.

Er that zerstreut, als hört' er nicht. Kaum sah ich das,
so fing ich

Ich weiß nicht was zu ahnen an, und dräng' ihn nur noch
stärker.

Der Mensch bekennt, er hab' an einem Mädchen auf der
Straße

Sich mit Gewalt vergangen, und den Ring ihr abgezogen,

15 Als sie zur Wehre sich gesetzt. Und den erkannte Myrrhina

Sogleich an meinem Finger, fragt, woher ich ihn bekommen;

Und ich erzähl' ihr Alles dann. So kam's zulezt zu Tage,

Daß er Philumenen umarmt, und daß ihr Kind von ihm sei.

Daß diese vielen Wonnen ihm durch mich geworden, freut mich.

20 So denken sonst Hetären nicht; es ist nicht unser Vortheil,

Wenn einer unsrer Freunde sich der Ehe freut. Doch wahrlich,

Nie häng' ich wegen des Gewinns mein Herz an schlechte Künste.

So lang's gestattet war, genoß ich seiner Huld und Güte.

Wohl, daß er sich vermählte, war mir unbequem, bekenn' ich:

25 Doch, denk' ich, that ich immer so, daß ich es nicht verschuldet.

Man muß von dem, der Liebes uns erwies, auch Herbes dulden.

Vierte Scene.

Pamphilus. Parmeno. Bacchis.

Pamphilus.

Parmeno, bedenke doch: ist deine Nachricht klar und sicher?
Daß du nicht auf kurze Zeit mich lockst in falscher Lust zu
schwelgen.

Parmeno.

Ja.

Pamphilus.

Gewiß?

Parmeno.

Gewiß!

Pamphilus.

Ich bin ein Gott, wenn's so ist.

Parmeno.

Wirst's erfahren.
(will gehen)

Pamphilus.

Bleibe doch! Du meldest, fürcht' ich, Andres, als ich glauben
kann.

Parmeno.
(bleibt stehen)

5 Nun?

Pamphilus.

Du sagtest, mein' ich, daß die Myrrhina den Ring der Bacchis
Als den ihrigen erkannt?

Parmeno.

Ja.

Pamphilus.

Welchen ich ihr einst geschenkt?
Und sie schickt mit dieser Kunde dich zu mir? Nicht wahr?

Parmeno.

Ja freilich.

Pamphilus.

Wo wär' ein Mensch so selig, wer so reich an Liebesglück,
als ich?

Was kann ich dir für diese Kunde schenken? Was? Ich weiß
es nicht.

Parmeno.

10 Ich aber weiß es.

Pamphilus.

Was denn?

Parmeno.

Gar nichts.

Denn ich weiß nicht, was die Botschaft, was ich selbst dir
frommen kann.

Pamphilus.

Dich soll ich unbeschenkt von mir entlassen, der vom Orcus mich
An's Licht zurückgeführt? Du meinst, so schlecht bezahl' ich
meinen Dank?

Doch Bacchis steht da vor der Thür: wohl harrt sie mein.
15 Ich eile hin zu ihr!

Bacchis.

Willkommen, Pamphilus!

Pamphilus.

O Bacchis, meine Bacchis, meine Retterin!

Bacchis.

Das Glück, wie freut mich's!

Pamphilus.

Das bewährst du durch die That:
Dein altes feines Wesen, Kind, erhieltst du dir,

Daß dein Begegnen, dein Gespräch, daß dein Erscheinen Freude
schafft,

20 Wohin du kommen magst.
Bacchis.

Auch du, beim Himmel, bist der Alte noch:
Wohl lebt in aller Welt kein Mensch, der besser schmeicheln
kann wie du.

Pamphilus.
Ha, ha! Du mir das?

Bacchis.
Deine Frau ist deiner Liebe wahrlich werth.
So viel ich mich entsinne, sah ich sie bis heute nie.   Sie scheint
Sehr fein gebildet.

Pamphilus.
Ernstlich?

Bacchis.
Ja, bei allen Göttern, Pamphilus.

Pamphilus.
25 Sprich, sagtest du dem Vater schon davon?

Bacchis.
Kein Wort.

Pamphilus.
Man darf auch nicht
Ein Wörtchen sagen.   Denn es soll nicht gehen, wie in
Comödien,
Wo Alle Alles erfahren.   Hier erfährt es, wer's erfahren muß;
Und wer es nicht zu wissen braucht, der hört es und erfährt
es nicht.

Bacchis.
Ich will sogar dir sagen, wie du's leichter heimlich halten kannst.
30 Myrrhina sagt' ihrem Gatten, meinem Eidschwur habe sie
Geglaubt, und deßhalb seist du ganz vor ihr gereinigt.

Pamphilus.

Allerliebst!

Und ich hoffe, daß sich Alles fügen soll nach unserm Wunsch.

Parmeno.
(näher tretend)

Darf ich wissen, was ich heute Gutes dir gethan, o Herr,
Oder was ihr beide vorhabt?

Pamphilus.
Nein.

Parmeno.

Vermuthen kann ich's wohl.
(sinnend für sich)

35 Den hätt' ich aus dem Orcus wieder —? Wie?

Pamphilus.

Du weißt nicht, Parmeno,
Wie viel du heute mir genützt, aus welcher Drangsal mich erlöst.

Parmeno.
Wohl weiß ich's, und mit Vorbedacht geschah's.

Pamphilus.

Ich weiß das gut genug.

Parmeno.
Wie sollte denn auch Parmeno was überseh'n, das Nuzen bringt?

Pamphilus.
(zu Parmeno)

Folge mir in's Haus.

(ab.)

Parmeno.

Ich folge.   Heute that ich ohne Wissen
40 Des Guten mehr, als wissentlich jemals zuvor.
(an die Zuschauer:)

Nun klatschet brav!

Anmerkungen zur Schwiegermutter.

— — —

Erster Prolog.

Diesen ersten Prolog ließ der Dichter erst vor der zweiten Aufführung sprechen. Die erste Aufführung fand ohne Prolog statt.

B. 3. Das Stück konnte bei der ersten Aufführung nicht zu Ende gespielt werden, weil das Volk aus dem B. 4 erwähnten Grunde weglief. Man konnte es „nicht würdigen," eben weil es nicht ausgespielt ward.

= 5. „Ganz wie neu spielt jetzt das Stück," weil es bei der ersten Aufführung nicht zu Ende gespielt wurde.

= 9. Als die Schwiegermutter zum zweitenmal aufgeführt wurde, waren bereits vier Stücke unseres Dichters bekannt: das Mädchen von Andros, der Eunuch, der Selbstquäler und der Phormio; fast um dieselbe Zeit kamen auch die Brüder auf die Bühne.

Zweiter Prolog.

Dieser zweite Prolog wurde bei der dritten Aufführung gesprochen, und zwar wider die gewöhnliche Sitte, die diese Rolle jüngeren Schauspielern zutheilte, von dem Vorsteher oder ersten Schauspieler der Truppe, Lucius Ambivius Turpio.

B. 1. „Sprecher" ist hier so viel als Anwalt oder Sachwalter, der die Sache seines Clienten in ihr wahres Licht zu stellen sucht, sich wohl auch auf's Bitten legt, und sich deßhalb B. 2 als Fürsprecher bezeichnet, der das Volk für das zweimal mißfällig oder gleichgültig aufgenommene Stück wohlwollender

stimmen will. — Prologus bezeichnet auch den Schauspieler,
der den Prolog zu sprechen hat.

V. 6. Cäcilius Statius aus Insubrien blühte um das J. 200 vor
Chr., einer der bedeutendsten römischen Komiker, wie Terenz
Nachahmer des Menander, doch ohne die schöne Sprache
unseres Dichters. Wenigstens erklärte Cicero, gewiß der
competenteste Richter in dieser Beziehung, seine Sprache für
unclassisch. (Vgl. epist. ad Att. 7, 3.) Wir besitzen nur
noch unbedeutende Bruchstücke von ihm.

= 26. „Die Freunde" sind die Anhänger der Faustkämpfer. Denn
bei dieser Art von Spielen bildeten sich bedeutende Faktionen,
welche die eine oder andere Partei begünstigten. studium (wie
wir für strepitus lesen) bezeichnet „die lärmenden Ergüsse
des Parteieifers," certamen diversis faventium, wie Donatus
erklärt. „Der Frauen Geschrei." Donatus bemerkt, es werde
hier deßwegen mit so weniger Schonung von dem anderen
Geschlechte gesprochen, weil die Frauen bei theatralischen Vorstellungen weder ihren Beifall noch ihr Misfallen zu erkennen
geben durften, folglich dem Dichter und seinem Stücke weder
schaden noch nützen konnten. Ueberhaupt durften Frauen,
ohne ausdrückliche Erlaubniß ihrer Gatten oder sonstigen Ge-
bieter, das Theater nicht besuchen.

= 29. Dieser und der folgende Vers erhalten ihre Erklärung aus
V. 8 ff. Ein solches Unglück, meint er, sei ihm nichts Neues
gewesen, weil er es früher, bei Stücken von Cäcilius, schon
öfters erfahren habe. Er habe sich also darein geschickt und
es wie dort gemacht, indem er es auf eine neue Vorstellung
habe ankommen lassen.

= 32. Nämlich das Volk außerhalb des Theaters, welchem an Comödien nichts lag, eilte herbei, um die Fechterspiele zu sehen.
Uebrigens war das Gefühl für eigentliche Kunst selbst in
Horazens Zeit dem Vergnügen an Gladiatorenspielen und
ähnlichen Dingen bei den Römern sehr untergeordnet. Diese
Fechterspiele dienten zum Theil als Intermezzo's zwischen den
theatralischen Lustspielen, wodurch natürlich leicht Störung
entstehen konnte. Benfey.

B. 33. „Man zankt sich um die Pläze." Bei den Fechterspielen saßen alle Zuschauer durcheinander, so, wie sie ihren Plaz fanden, während bei theatralischen Vorstellungen ein Unterschied der Pläze nach den Ständen stattfand (in theatro distincta erant subsellia ordinum).

= 37. Die Zuschauer erweisen den Bühnenspielen Ehre, indem sie still und ruhig zuhören und urtheilen.

= 40. Facite, ut vostra auctoritas meae auctoritati fautrix adjutrixque sit. Er will sagen, daß er — der bei dem Publikum sehr beliebte Schauspieler Lucius Ambivius — das Stück des Terenz als vorzüglich erfunden habe, und die Zuschauer bitte, durch ihren Beifall seinem Urtheil das Siegel aufzudrücken.

- 45. Der Dichter hat „der Obhut" des Schauspielers „sein Musenwerk anvertraut", da die Aufnahme eines Stückes in hohem Grade von der Darstellungsweise der Schauspieler abhängig ist

Erster Act.

Erste Scene.

B. 8. Nämlich durch Fordern von Geschenken. Beispiele solcher raubsüchtigen Buhlerinnen sind bei den Komikern nicht selten.

Zweite Scene.

= 4. Scirtus ist eine stumme Person, die auf der Bühne gar nicht sichtbar wird. Donatus erinnert, daß der Name Scirtus, von σκιρτᾶν, hüpfen, springen, eine passende Benennung für einen Laufjungen sei.

= 14. Philotium (Φιλώτιον) ist das Verkleinerungswort von Philotis (Φιλῶτις).

= 45. „Er wünsche für sein Alter eine Stüze", d. i. Kinder und Erben von seinem Sohne.

= 50. Der Vater „verlobt den Sohn mit der Tochter des Nachbars." Diese Ausdrücke sind, wie Donatus erinnert, gewählt, um die völlige Passivität des Sohnes anzudeuten.

B. 81. Dies, daß ich aus Liebe zu Bacchis entschlossen bin, mit keiner Frau zu leben.

= 94. „Sie deckte zu das Uebel, das ihr widerfuhr", tegere contumelias. Dieses Uebel, diese contumelia bestand darin, daß ihr Gatte seine Gunst an eine Buhlerin verschwendete. Donatus, der diese Bemerkung macht, fügt noch bei, tegere sage mehr als celare. Das Lezte thut, wer selbst nichts erwähnt, das Erste, wer sich Mühe gibt, daß eine Sache überhaupt nicht an den Tag komme.

= 100. Imbros, eine Insel des ägäischen Meeres, nahe bei Thracien.

Zweiter Act.
Erste Scene.

B. 21. Außerhalb, d. i. bei den Leuten, im Publikum.

= 37. Der Sinn ist: du kannst durch keinen schlechten Streich noch schlechter werden, als du schon bist. So erklärte schon Donatus: nihil detrimenti fit, si tu pecces; id est, nunquam peccando pejor fieri potes: sed es eadem quae semper es.

Zweite Scene.

B. 31. „Hörst du, Sostrata", daß Philumena deinetwegen das Haus verlassen hat?

= 32. „Begehrst du sonst noch Etwas?" Stehende Formel bei der Verabschiedung.

Dritter Act.
Erste Scene.

B. 2. „Und dieses Leben wollt' ich nicht verlieren?" Diese Worte sagt Pamphilus mit Beziehung auf den Sturm, den er auf der Reise zu bestehen hatte, von welchem Sofia in der sechsten Scene B. 7 ff. spricht.

= 4. Ein überzähliger jambischer Tetrameter, tetram. jamb. hypercatalect. Ebenso in der Urschrift.

Dritte Scene.

B. 3. Aesculapius (Asklepios), der Sohn Apollons, Gott der Heilkunde. Hygea ($\H{v}\gamma\iota\epsilon\iota\alpha$, $\H{v}\gamma\epsilon\iota\alpha$), die Göttin der Gesundheit, Tochter des Asklepios. Im Römischen entspricht ihr die Göttin Salus.

Fünfte Scene.

B. 20. Donatus führt hier die Stelle Homers an (Odyss. 18, 136):

$$\text{Τοῖος γὰρ νόος ἐστὶν ἐπιχθονίων ἀνθρώπων,}$$
$$\text{Οἷον ἐπ' ἦμαρ ἄγῃσι πατὴρ ἀνδρῶν τε θεῶν τε.}$$

Denn so wandelt sich ewig der sterblichen Menschen Gesinnung,
Gleichwie der Tag, den Zeus der Olympier ihnen heraufführt.

Zu unserer Stelle erinnert ein älterer Ausleger, Pamphilus mache diese Bemerkung in Hinsicht auf die Myrrhina, die, ungeachtet sie Frau von Stande und seine Schwiegermutter war, sich wegen ihrer gegenwärtigen kritischen Lage in so hohem Grade vor ihm demüthigte, daß sie ihm selbst zu Füßen fiel.

Sechste Scene.

B. 19. Myconos, eine der Cycladen im ägäischen Meere.

Vierter Act.

Dritte Scene.

B. 23. „In ihren Sinn“, den Sinn der Schwiegertochter Philumena.

= 24. „Dem bösen Rufe“, als ob sie eine unverträgliche Schwiegermutter sei.

Fünfte Scene.

B. 50. Kinder aus rechtmäßiger Ehe blieben nach römischem Recht dem Vater; uneheliche fielen der Mutter zu.

Sechste Scene.

B. 21. Ammen zu halten, war bei den Vornehmeren Athens allgemeine Sitte.

Siebente Scene.

B. 23. Die Worte der Bacchis: „wer sagt das?“ beziehen sich auf die Behauptung des Laches B. 18.

32*

B. 30. „Zu den Frau'n hier geh hinein." Donatus bemerkt, daß
Laches absichtlich die allgemeine Benennung „Frauen" wähle
statt der für eine Person vom Stande der Bacchis zurück-
schreckenden Benennungen der Schwiegermutter und seiner
Frau. (Non dixit ad socrum et ad uxorem, terribilia
nomina et inimica meretrici, sed, quod facile est, ad
mulieres.)

= 31. „Thu' ihren Willen", (exple animum iis,) da sie zu wissen
wünschen, ob du dem Pamphilus noch den Zugang zu dir
gestattest.

Achte Scene.

B. 7. Bacchis will die Sklavinnen zur Folter preisgeben, damit
auf diese Weise erkannt werde, daß sie die Wahrheit gesagt
habe.

Fünfter Act.

Vierte Scene.

B. 12. Vom Orcus, der Unterwelt, d. i. aus dem größten Unglück. Auch die Griechen sagen von Einem, der ganz unverhofft gerettet wird, er komme aus dem Hades zurück, ἐξ
ᾅδου ἀναβεβηκέναι.

= 22. „Du mir das?" mir, der ich dich verlassen, mein dir
gegebenes Wort gebrochen habe. Bensey.

———❖———

VI.

Phormio.

———

Personen.

Phormio, ein Parasit.

Demipho, ein Greis, Vater des Antipho.

Chremes, dessen Bruder, Vater des Phädria.

Antipho, }
Phädria, } Jünglinge.

Nausistrata, Gattin des Chremes.

Geta, Sklave des Demipho, Erzieher seines Sohnes
    und Neffen.

Dorio, ein Kuppler.

Sophrona, eine Amme.

Hegio, }
Cratinus, } Rechtsfreunde des Demipho.
Crito, }

Davus, ein Sklave, Freund des Geta.

Der Schauplatz ist in Athen.

Prolog.

Weil jener alte Dichter unsern Dichter nicht
Von seiner Kunst losreißen und in Ruhestand
Versezen konnte, sucht er ihn durch Schmähungen
Vom Schreiben abzuschrecken. Also sagt er denn,
5 Die Stücke, die d e r früher schrieb, die seien gar
Zu matt und niedrig, dürftig in Manier und Stil:
Wohl, weil er nie den tollen Jüngling vorgeführt,
Der eine Hindin fliehen, Hund' ihr folgen sieht,
So daß sie weinend ihn beschwört, ihr beizusteh'n.
10 Doch wenn der Mann begriffe, daß sein Stück als neu
Mehr durch des Mimen Kunst gefiel, als seine Kunst:
Er würde wahrlich minder kühn beleidigen.
Wenn Einer jezt behauptet oder also denkt:
„Hätt' ihn der alte Dichter nicht vorher gereizt,
15 Der neue fände keinen Stoff zum Prologus;
Was wüßt' er vorzubringen, dürft' er Keinen schmäh'n?"
So dient zur Antwort: Allen winkt als Siegespreis
Die Palme, die der Musen edler Kunst sich weih'n.
Dem Dichter seinen Unterhalt zu rauben, will
20 Sein Gegner ihn abzieh'n von seiner Kunst, indeß
Er selbst ihm nur entgegnen, nicht ihn reizen will.
Kämpft' er mit guten Worten, hört' er Gutes auch.

Was er zuerst auszahlte, wird ihm heimgezahlt.
Von ihm indeß zu reden laß' ich ab sofort,
25 Sobald er selber seines Theils abläßt zu schmäh'n.
Vernehmt nun, was ich will. Ich bring' ein neues Stück;
Die Griechen nennen's Epidikazomene,
Den Römern heißt es Phormio, weil Phormio
Darin die erste Rolle spielt, ein Parasit,
30 Durch den die Handlung meistens sich abwickeln wird,
Wenn sich der Dichter eure Gunst versprechen darf.
Merkt auf und hört uns gütig und mit Ruhe zu,
Daß nicht ein Loos uns treffe, wie vordem einmal,
Als unsre Truppe vor dem Lärm vom Plaze wich.
35 Den gab die Kunst des Mimen uns zurück im Bund
Mit eurer Nachsicht, eurem wohlgewog'nen Sinn.

Erster Act.

———

Erste Scene.

In der Mitte Demipho's, rechts seines Bruders Chremes, links
des Kupplers Haus.

Davus allein.

Davus.

Mein bester Freund, mein Landsmann Geta suchte da
Mich gestern auf. Der hatte lange schon bei mir
Von seiner Rechnung noch ein Restchen gut an Geld;
Das mußt' ich ihm aufbringen; nun, hier hab' ich es.
5 Denn seines Herrn Sohn, hör' ich, nahm sich eine Frau;
Der wird's, vermuth' ich, als Geschenk zusammengekrazt. —
Das ist doch ganz unbillig, daß, wer wenig hat,
Daß der dem Reichern immer noch zulegen soll!
Was Er von seinem Deputat am Munde sich
10 Abdarbend hellerweise kaum zusammengespart,
Das nimmt ihm die mit Einem Griff, denkt nicht daran,
Wie sauer er's verdiente. Weiter blutet er
Nochmals mit einer Gabe, wenn die Frau gebiert,
Mit einer dritten an des Kindes Namenstag,
15 Und wenn man's einweiht: Alles nimmt die Mutter ein;
Der Kleine gibt den Namen her. Doch — Geta kommt!

Zweite Scene.

Davus. Geta.

Geta.
(spricht in's Haus hinein)

Wenn mich ein Rothkopf suchte —

Davus.

Laß! Hier ist er!

Geta.
(etwas erschrocken, weil er den Davus nicht vermuthet hatte, für sich)

Poz!

(laut)

Wollt' eben dir entgegen, Davus.

Davus.
(giebt ihm das Geld)

Nimm da! Sieh,
Ganz gutes Geld, gerade, was ich schuldig war.

Geta.

Das freut mich! Danke, daß du's nicht vergessen hast.

Davus.

5 Zumal nach heutiger Mode. So weit kam es jezt:
Schön danken muß man, zahlt ein Mensch etwas zurück.
Doch was so finster?

Geta.

Weißt du nicht, in welcher Angst,
In welcher Noth wir leben?

Davus.

Nun, was ist's?

Geta.

Vernimm:

Nur mußt du schweigen können.

Davus.

Geh doch, Thörichter!

10 Bei'm Gelde fandest du mich treu, und scheust dich nun,
Mir Worte zu vertrauen? Dich zu hintergeh'n,
Was hülfe mir's denn?

Geta.

Höre mich.

Davus.

Ich bin zu Dienst.

Geta.

Du kennst den ältern Bruder unsers alten Herrn,
Den Chremes?

Davus.

Freilich.

Geta.

Auch den Phädria, seinen Sohn?

Davus.

15 So gut wie dich.

Geta.

Bei beiden Alten traf es sich zu gleicher Zeit,
Daß der nach Lemnos, unsrer nach Cilicien ging,
Zu einem alten Freunde. Der lockt ihn dahin
Durch Briefe, wo er Berge Goldes ihm verhieß.

Davus.

20 Ihm, der so viel und übergenug besaß?

Geta.

O still!

So ist er.

Davus.

Ha, ich hätte sollen König sein!

Geta.

Die beiden Alten ließen, als sie gingen, mich
Als Mentor ihrer Söhne, so zu sagen, hier
Zurück.

Davus.

Ein schweres Ehrenamt, o Geta, hast
25 Du da dir aufgebürdet.

Geta.

Ich erfuhr's; ich weiß,
Ich blieb zurück im Zorne meines Genius.
Ich wollt' es erst abwehren. Doch was red' ich viel?
Indeß ich meinem Alten treu mich zeigte, ging
Mein Rücken drauf. Da fiel der alte Spruch mir ein:
30 „Die Hufe wider den Stachel — welch ein Unverstand!"
So fing ich an, in Alles mich zu fügen, that,
Was sie verlangen mochten.

Davus.
Du verstand'st den Markt.

Geta.

Der Unsre that nichts Arges erst. Der Phädria
Fand gleich ein Dirnchen, eine Harfnerin, in die
35 Er rasend sich verliebte. Bei dem ärgsten Filz
Von Kuppler war sie Sklavin, und er konnte nichts
Ihr schenken; da war durch die Väter vorgesorgt.
So blieb die Augenweide nur, nichts Andres als
Nachlaufen, sie zur Schule führen und zurück.
40 Wir, unbeschäftigt, widmen uns dem Phädria.
Der Schule gegenüber, wo sie Stunde nahm,
War eine Baderstube. Dort erwarteten
Wir sie gewöhnlich, bis sie wieder nach Hause ging.
Einst als wir dort so saßen, trat ein junger Mensch

45 Herein in Thränen. Ganz betroffen fragen wir,
   Was ihm gescheh'n. „Ach, rief er, niemals schien mir so,
   Wie jezt, die Armuth eine drückend schwere Last.
   Ich sah ein armes Mädchen in der Nähe hier
   Jezt eben seiner Mutter Tod beweinen. Die
50 Lag gegenüber. Kein Bekannter oder Freund,
   Kein Anverwandter, als ein altes Mütterchen,
   War bei der Leiche zu helfen da. Mir brach das Herz.
   Das Mädchen selbst war wunderschön.“ Was red' ich lang?
   Er hatt' uns alle gerührt. Sofort sprach Antipho:
55 „Was meint ihr? Geh'n wir, seh'n wir sie?“ — „Ich
                                              denke, ja;
   Kommt nur! Du führ' uns, Freund!“ — Wir geh'n, wir
                                              kommen hin,
   Wir seh'n. Ein schönes Mädchen! Um so schöner noch,
   Weil ihrer Schönheit keine Kunst zu Hülfe kam.
   Zerstreut die Haare, nackt der Fuß, sie selbst verstört,
60 In schlechtem Kleide, thränenvoll: was, wenn sie nicht
   So schön gewesen, ihren Reiz verdunkelte.
   Der Andre, den die Harfnerin gefesselt, rief
   Nur: „ziemlich artig!“ Doch der Unsre —
                     Davus.
                                      Weiß es schon:
   Verliebte sich.
                     Geta.
            Und wie? — Vernimm, wie weit er's treibt.
65 Des andern Tages eilt er stracks zur Alten, fleht,
   Das Mädchen ihm zu lassen. Doch sie schlägt es ab.
   Das sei nicht recht; sie sei athen'sche Bürgerin,
   Brav, braver Eltern Kind: gesezlich könn' er sie
   Zur Gattin haben, wenn er wolle, doch anders nicht.

70 Was war zu machen? Gerne hätt' er sie gefreit;
Doch bange war ihm vor des fernen Baters Zorn.

Davus.

Hätt' ihm der Bater bei der Heimkehr nicht willfahrt?

Geta.

Der sollt' ein Mädchen ohne Geld, von niedrem Stand,
Ihn freien lassen? Nimmermehr!

Davus.
                        Wie ging's zulezt?

Geta.

75 Wie's ging? Es lebt ein frecher Mensch hier, Phormio,
Ein Parasit — vertilgten alle Götter ihn! —

Davus.

Was machte der denn?

Geta.
                    Gab den Rath: „es ist Gesez,
Daß Waisentöchter dem nächsten Anverwandten sich
Vermählen, und daß dieser sie heiraten muß.
80 Ich sage, du seist ihr verwandt, ich selber sei
Ein Freund von ihrem Bater, und belange dich.
Wir kommen vor die Richter. Wer der Bater sei,
Wer Mutter, wie sie dir verwandt — das Alles, Freund,
Erdicht' ich, wie mir's eben paßt in meinen Zweck.
85 Du widerlegst nichts, und gewonnen ist das Spiel.
Dein Bater kommt — man klagt mich an — was kümmert's
                                        mich?
Genug, wir haben sie."

Davus.
        Ein lustig frecher Streich!

Geta.

Dem leuchtet's ein; wir kommen — wir verlieren — sie
Wird seine Frau.

Davus.
(erstaunt)

Was sagst du?

Geta.

Was du hörst.

Davus.

O Freund,
90 Wie wird dir's gehen?

Geta.

Weiß es nicht; das weiß ich nur:
Wir werden ruhig tragen, was das Schicksal bringt.

Davus.

Recht! Also ziemt's dem Mann.

Geta.

Ich hoff' auf mich allein.

Davus.

Brav!

Geta.

Soll ich mir Fürsprecher suchen, die für mich
So bitten: „diesmal laß ihn ziehn'! Kommt später nur
95 Das Mindeste, bitt' ich nicht für ihn." Am Ende heißt's
Wohl gar: „sobald ich fortbin, schlag' ihn immer todt!"

Davus.

Der Pädagoge, der das Harfenmädchen liebt,
Wie treibt's denn der?

Geta.

Ganz sachte nur!

Davus.

                              Er hat vielleicht
Nicht viel zu geben?

                    Geta.

                    Bloße Hoffnung, weiter nichts.

                         Davus.
100 Sein Vater — ist er wieder da?

                         Geta.

                              Noch nicht.

                    Davus.

                                   Und wann
Erwartet ihr euren Alten?

                         Geta.

                         Sicher weiß ich's nicht.
Doch eben, hör' ich, ward ein Brief von ihm gebracht,
Der bei den Hafenwächtern liegt; den hol' ich jezt.

                         Davus.
Begehrst du sonst was, Geta?

                         Geta.
                         Geh' es dir erwünscht!
        (Davus geht ab; Geta ruft einen Mitsklaven im Hause)
105 He, Junge! — Kommt Niemand?
                    (der Sklave tritt heraus)
                         Da, nimm,
                    (er gibt ihm das Geld)
                              und gib's der Dorcium.

───────✳───────

Zweiter Act.

Erste Scene.

Antipho. Phädria.

Antipho.

Also dahin kam es, daß ich vor dem Manne, der mein Bestes
Will, vor meinem Vater zittre, wenn ich denk' an seine Heimkehr?
Wär' ich wohlbedacht gewesen, würd' ich ihn erwarten, wie
Sich's gebührt.

Phädria.
    Wie so?

Antipho.
    Du, mein Vertrauter bei dem kühnen Streiche,
5 Fragst? O wär's dem Phormio nie mir das zu rathen ein=
                gefallen!
Hätt' er mich doch nicht in meiner Leidenschaft zu dem getrieben,
Was die Quelle meines Unglücks ist! Sie wäre dann nicht
                mein.
Hätte das auch einige Tage mich geschmerzt, so litte doch
Mein Gemüth nicht unablässig diese Qual —

Phädria.
                Hör' Einer nur!
        33 *

Antipho.

10 Indeß ich warte, wann er kommt, der diesem Umgang mich
entreißt.

Phädria.

Ein Andrer klagt, weil's Liebchen fehlt; du härmst dich im
Liebesübermaß,

Bist überreich an Liebe, Freund.

Denn, Antipho, dein Leben ist des Wünschens und des Strebens
werth.

Dürft' ich so lang genießen, was ich liebe: bei den Göttern,
traun,

15 Ich wollte mit dem Tode mich vertragen! Du erwäge nun,

Wie mir's bei diesem Mangel ist, was deine Fülle dir gewährt.

Geschweige, daß ein Mädchen, frei geboren, wohl erzogen auch,

Du sonder Aufwand dir gewannst, daß, wie du wünschtest,
dir ein Weib

Geworden, ohne deinem Ruf zu schaden, frei vor aller Welt.

20 Wie glücklich, fehlt dir nicht der Sinn, der stets bescheiden
trägt sein Glück!

Hätt'st du mit diesem Kuppler nur zu thun, wie ich, dann
fühltest du's.

So sind wir alle von Natur: mit unserm Loose nie vergnügt.

Antipho.

Du scheinst im Gegentheile mir jezt hochbeglückt, mein Phädria;

Dir steht die Wahl noch immer frei, ob deinen Liebeshandel du

25 Fortsezen, ob aufgeben willst. Ich, Freund, gerieth so tief
hinein,

Daß ich die Meine nicht behalten, noch von ihr mich trennen
kann.

Doch — seh' ich hier nicht Geta, der in vollem Lauf daher=
kommt?
Er ist es.   Mir ist bange: was hat der mir jezt zu melden?

Zweite Scene.

Geta. Antipho. Phädria.

Geta.
(vor sich hin sprechend, ohne die Beiden zu sehen)

Weh dir, Geta, wenn du nicht schnell irgend einen Plan ersinnst!
Solches Unglück schwebt mit Einmal unversehns über dir!
Wie dem ich jezt entfliehen soll, wie mich herauszieh'n, weiß
ich nicht.
Denn länger (ganz unmöglich ist's) bleibt unsre Keckheit nicht
geheim.

Antipho.
(zu Phädria)

5 Was kommt denn der so ganz verstört?

Geta.
(wie vorhin)

Dann bleibt mir kaum ein Augenblick; mein Herr ist da!

Antipho.
Welch Misgeschick!

Geta.
(wie vorhin)

Wenn er's hört, wo find' ich dann ein Mittel gegen seine Wuth?
Red' ich, sez' ich ihn in Flammen; schweig' ich, reiz' ich ihn
noch mehr;
Will ich etwa rein mich waschen, wasch' ich einen Mohren weiß.
10 Weh! Mir bangt um mich; noch mehr macht Antipho mir
Angst und Sorgen:

Ihn bedaur' ich, für ihn fürcht' ich, er hält mich zurück:
                              sonst hätt' ich
Recht mich vorgeseh'n und mich an unsers Alten Zorn gerächt,
Hätte schnell was eingesackt und auf die Beine mich gemacht.

Antipho.
Was? Sinnt der auf Flucht und Diebstahl?

Geta.
15 Wo find' ich aber Antipho? Wo soll ich ihn zu suchen geh'n?

Phädria.
(zu Antipho)
Dich nennt er.

Antipho.
        . Etwas Arges bringt der Bote da, so ahnt mir.

Phädria.
                                                    Geh!
Bist du klug?

Geta.
        Ich eile heim; dort ist er meist.
                                        (will ab.)

Phädria.
Wir wollen ihn rufen.

Antipho.
(gebieterisch)
Stehe gleich!

Geta.
        Recht herrisch, traun,
Wer du sein magst!

Antipho.
(rufend)
Geta, he!

Geta.
        Er ist es selbst, zu dem ich will.

Antipho.

20 Was bringst du, bitt' ich? Sage mir's mit Einem Worte,
wenn du kannst.

Geta.

Das will ich.

Antipho.
(haftig)

Sprich!

Geta.

Bei'm Hafen da —

Antipho.

Mein Vater?

Geta.

Ja.

Antipho.

Weh, weh mir!

Phädria.
(theilnehmend)

Ach!

Antipho.

Was thun?

Phädria.
(zu Geta)

Was sagst du?

Geta.

Seinen Vater, deinen Oheim, sah ich dort.

Antipho.

Wo find' ich Hülfe wider dies urplözlich ungeheure Leid?
Wenn mein Geschick dahin mich treibt, von dir zu scheiden,
Phanium,

25 Dann ist des Lebens Reiz für mich verblüht.

Geta.

Nun, wenn es also steht,
Geziemt dir doppelt wach zu sein. Dem tapfern Manne hilft
das Glück.

Antipho.

Ich bin nicht bei mir.

Geta.

Antipho, du mußt es jezt am ersten sein;
Denn merkt der Vater deine Furcht, so wird er glauben, daß
du was
Verbrochen habest.

Phädria.

Wohl!

Antipho.

Ich kann nicht anders werden, als ich bin.

Geta.

30 Was thätst du, wenn was Schwereres dir jezt zu thun obläge?

Antipho.

Da
Ich d a s nicht kann, vermöcht' ich d i e s noch minder

Geta.
(zu Phädria)

So ist's nichts: wir geh'n!
Wozu die Mühe verschwenden? Nein, da geh' ich.

Phädria.

Ich mit dir.

Antipho.

O bleibt!
Wie? Wenn ich mich verstellte? So?
(er sucht Miene und Stellung eines Muthigen anzunehmen)

Geta.

Du faselst.

Antipho.

Seht mir in's Gesicht!

Nun, ist's so recht?

Geta.

Nein!

Antipho.

Oder so?

Geta.

Beinahe.

Antipho.

Oder so?

Geta.

Genug! —

35 Nun, bleibe dabei, steh' ihm Rede, Wort um Wort und
Saz um Saz,

Daß nicht mit wilden Worten er dich zornig aus dem Felde
schlägt.

Antipho.

Schon recht.

Geta.

„Gewalt, Gesez, Gericht zwang wider Willen dich dazu:"
Verstehst du? Doch wer ist der Greis ganz unten auf der
Straße dort?

Antipho.

Er ist's: ich kann nicht bleiben.

(er will fort)

Geta.

Ha! Was thust du? Wohin, Antipho?

40 Ich sage, bleib'!

Antipho.

Ich kenne mich und meine Schuld;
Und euch empfehl' ich Phanium und mein Leben.

(ab.)

Dritte Scene.

Geta. Phädria.

Phädria.

                                          Was

Wird nun geschehen, Geta?

Geta.

                 Du wirst ausgezankt;

Mich hängt man auf und peitscht man, wenn mir richtig ahnt.

Doch wie wir eben angemahnt den Antipho,

So müssen wir's nun selber machen, Phädria.

Phädria.

5 Vom Müssen schweige; sage nur: was soll ich thun?

Geta.

Du wirst dich wohl erinnern, als der Handel da

Begann, was eure Rede war zu künftiger

Beschönigung der Schuld. „Die Sache sei gerecht,

Erweisbar und gewinnbar, harmlos, sonder Arg,

10 Von allen Seiten sicher."

Phädria.

               Ich erinnre mich.

Geta.

So mußt du jezt auch reden, oder, wenn es geht,

Noch besser und noch schlauer.

Phädria.

                   Ja, das soll gescheh'n.

Geta.

Nun mache dich zuerst an ihn. Ich bleibe hier

Im Hinterhalte stehen, um in deinen Plaz

15 Zu rücken, wenn du matt geworden bist.

Phädria.

                         Wohlan!

Vierte Scene.

Demipho. Phädria. Geta.

Demipho.
(ohne die Andern zu bemerken)

So hat ohne meinen Willen Antipho. sich denn vermählt?
Vor des Vaters Macht — was sag' ich Macht? — vor
meinem Zorne sich ,
Nicht einmal gescheut? O schamlos! Freches Thun! Ha,
Geta, du
Hofmeister!

Geta.
(im Hintergrunde)

Endlich!

Demipho.

Soll mich wundern, was sie sagen, welchen Grund
5 Aufbringen!

Geta.
(für sich)

Ist schon aufgebracht: da sorge nicht!

Demipho.

Er sagt vielleicht:
„Ungerne that ich's; das Gesez zwang mich." Das laß' ich
gelten.

Geta.
(für sich)

Schön!

Demipho.

Doch wissend, schweigend seinem Feind die Sache preiszugeben,
zwang
Ihn das Gesez auch dazu?

Geta.

Das hielt schwer.

Phädria.

Ich mach' es leicht. Nur zu!

Demipho.

Was soll ich thun? So wunderſam, ſo wider Hoffen traf
mich das.

10 Ich glühe ganz vor Aerger, daß ich meinen Geiſt nicht ſammeln
kann.

Wohl ſollte Jeder, wann es ihm am beſten geht, gerade dann
Bei ſich erwägen, wie er ſich im Mißgeſchick benehmen will.
Wer aus der Fremde wiederkehrt, der denke ſtets nur an
Gefahr,
Verluſt, Verbannung, dann: „der Sohn hab' einen ſchlimmen
Streich geſpielt,"

15 „Todt ſei die Gattin oder krank die Tochter: allgemeines Loos
Sei das, es könne ſo geſcheh'n," — daß nichts ihn unerwartet
trifft.
Was wider ſein Verhoffen ihm begegnet, acht' er für Gewinn.

Geta.
(zu Phädria)

Unglaublich iſt's, wie weit an Geiſt dem Herrn ich über=
legen bin.
Schon überdacht' ich alles Leid, das, wenn er wiederkommt,
mir droht.

20 Ich muß den Mühlſtein ewig dreh'n, man peitſcht mich, legt
mir Feſſeln an;
Ich muß im Feld arbeiten: nichts von alle dem kommt un=
verhofft.
Was wider mein Erwarten mir begegnet, acht' ich für Gewinn.
Doch was ſäumſt du gleich zuerſt ihn freundlich ſchmeichelnd
anzugeh'n?
(Phädria geht auf Demipho zu.)

Demipho.

Phädria, seh' ich, kommt mir dort entgegen, meines Bruders
Sohn.

Phädria.

25 Willkommen, Oheim!

Demipho.

Danke! — Wo ist Antipho?

Phädria.

Kamst glücklich wieder —

Demipho.
(ihn unterbrechend)

Danke! Doch antworte mir!

Phädria.

Ist wohl, ist hier — Du fandest Alles recht nach Wunsch?

Demipho.

Ich wünschte das.

Phädria.

Wie so?

Demipho.

Du fragst noch, Phädria?

Ihr habt indeß 'ne schöne Heirat hier gemacht.

Phädria.

30 Ha, zürnst du darum über ihn?

Geta.
(für sich)

Du schlauer Wicht!

Demipho.

Ich sollte dem nicht zürnen? Trät' er mir doch selbst
Vor Augen, daß er's fühlte, wie durch seine Schuld
Der milde Vater jezt der allerstrengste ward.

Phädria.

Er that ja gar nichts, Oheim, daß du zürnen kannst.

Demipho.

35 Seht! Alles gleich! Der Eine wie der Andere!
Ja, kennt man Einen, kennt man Alle.

Phädria.

So ist's nicht.

Demipho.

Thut Einer Böses, ist der Andre da zum Schuz,
Hilft ihm, vertritt ihn; Einer löst den Andern ab. .

Geta.
(bei Seite)

Bei'm Himmel, treffend hat der Alte Beider Thun
40 Gezeichnet, ohne daß er's weiß!

Demipho.

Denn wäre dem
Nicht so, du hieltest, Phädria, so nicht an ihm.

Phädria.

Ist Antipho hier schuldig, daß er nicht genug
Das Geld beachtet, Oheim, oder seinen Ruf,
Dann red' ich nicht für ihn; er büße seine Schuld!
45 Wenn aber Jemand, bauend auf Verschlagenheit,
Uns jungen Leuten Schlingen legt' und im Gericht
Obsiegte: sind wir oder sind die Richter schuld?
Aus Neid und Miszunst nehmen die's dem Reichen oft,
Und schenken's dann dem Armen aus Barmherzigkeit.

Geta.
(bei Seite)

50 Kennt' ich den Proceß nicht, glaubt' ich, traun, er rede wahr!

Demipho.

Wo ist ein Richter, welcher dein Recht wissen kann,
Wofern du selber nicht ein Wort entgegnen willst,
Wie er gethan hat?

Phädria.

Als ein Jüngling edler Zucht
Und Sitte that er. Wie man vor die Richter kam,
55 Vermocht' er nicht zu sagen, was er ausgedacht;
So hatte Scham den blöden Jüngling stumm gemacht.

Geta.
(für sich)

Brav macht er's! Doch ich gehe gleich den Alten an.
(laut, indem er vortritt)

Willkommen, Herr!
Wie freut mich's, daß du wohlbehalten wiederkamst!

Demipho.

Ha, wackrer Hüter, sei gegrüßt! Du, meines Hauses Stüze, dem
60 Ich meinen Sohn bei meinem Weggang anbefahl!

Geta.

Schon lange hör' ich, wie du hier uns unverdient
Anklagst, und mich von Allen am unverdientesten.
Was, meinst du, sollt' ich hierin thun? Der Sklave ja
Darf vor Gericht nicht sprechen, darf nicht Zeuge sein,
65 So wollen's die Geseze.

Demipho.

Gut, das räum' ich ein.
Auch war dem unerfahrnen Jüngling bang, und du
Bist Sklave. Aber war sie noch so nah verwandt,
Er mußte sie nicht freien, nein, ausstatten nur
Für einen andern Gatten, wie's Gesez befiehlt.
70 Aus welchem Grunde, frag' ich, führt' er lieber denn
Ein armes Mädchen mir in's Haus?

Geta.

Es fehlte nicht
An einem Grunde, nur am Geld.

Demipho.

Er hätte das

Ja borgen können.

Geta.

Borgen! Das ist leicht gesagt.

Demipho.

Am Ende, wenn's nicht anders ging, auf Zinsen.

Geta.

Ah!

75 Vortrefflich! Wenn ihm Einer nur darliehe, Herr,
So lang du lebst!

Demipho.

So kann's nicht bleiben! Nimmermehr!
Um alle Welt nicht darf sie mir nur Einen Tag
Mit ihm vermählt sein! Bringt mir ohne Weiteres
Den saubern Burschen, oder zeigt mir, wo er wohnt.

Geta.

80 Den Phormio?

Demipho.

Des Mädchens Anwalt mein' ich.

Geta.

Er

Soll gleich erscheinen.

Demipho.

Aber wo ist Antipho?

Geta.

Zu Hause nicht.

Demipho.

Geh, Phädria, such' und bring' ihn her.

Phädria.

Ich gehe gerades Weges hin.

(ab.)

Geta.
(leise)

Zur Pamphila.

(ab.)

Demipho.

Ich gehe heim, die Götter meines Hauses zu
85 Begrüßen, dann zum Forum, einige Freunde mir
Herbeizurufen, die mir hier zur Seite steh'n,
Auf daß ich, kommt der Phormio, gerüstet sei.

———

Dritter Act.

Erste Scene.

Phormio. Geta.

Phormio.
(gähnend und halbtrunken)

Also seinen Vater scheuend, sagst du, lief er weg?

Geta.

Ja wohl.

Phormio.

Ließ die Phanium allein?

Geta.

Ja.

Phormio.

Und der Alte war im Zorn?

Geta.

Sehr.

Phormio.

So ruht die ganze Sache, Phormio, jezt auf dir allein.
Hast du's eingebrockt, so mußt du's auch ausessen: rüste dich!

Geta.

5 Bitte, bitte —

Phormio.
(ohne auf ihn zu hören)

Wenn er fragt —

Geta.

Auf dich vertrau'n wir.

Phormio.

Aufgemerkt!

Wenn er erwiedert —

Geta.

Du bewogst uns.

Phormio.
(geht nachsinnend hin und her)

Also, denk' ich —

Geta.

Steh' uns bei!

Phormio.

Bringe den Alten her! Mein Plan ist ganz in meinem Kopfe
reif.

Geta.

Was?

Phormio.

Was sonst, als daß die Phanium bleibt, und ich den Antipho
Von der Schuld freimache, ganz auf mich den Zorn des
Alten lenke?

Geta.

10 Tapfrer Mann und wackrer Freund! Nur, Phormio, wird mir
manchmal bang,
Daß dich diese Tapferkeit am Ende noch zum Blocke führt.

Phormio.

Nein! Ich machte den Versuch schon mehr und kenne meinen
Weg.
Wie viel Menschen, meinst du, hab' ich schon bis auf den
Tod gepeitscht?

34 *

Fremde, Bürger selbst? Je mehr ich's lernte, desto leichter
ging's.

15 Hast du je vernommen, daß man um Mishandlung mich belangt?

Geta.

Wie das?

Phormio.

Weil man nie dem Habicht und dem Geier Schlingen
legt,

Die doch Schaden thun; den Vögeln, welche nichts thun, legt
man sie.

Denn bei diesen bringt's Gewinn; bei jenen ist die Müh'
umsonst.

Ueberall bedroht Gefahr den, dem sich was ausrupfen läßt;

20 Doch von mir weiß Alles, daß Nichts mein ist.   Aber, sagst
du wohl,

„Wenn du verurtheilt bist, gesellt man dich dem Hausgesinde
zu!"

Keinen Fresser will man füttern, und man thut gescheidt daran,

Wenn man nicht mit höchster Wohlthat Uebelthat vergelten will.

Geta.

Antipho kann nie genug dir lohnen, wie du's würdig bist.

Phormio.

25 Nein, kein Mensch kann seinem Gönner lohnen, wie er's
würdig ist.

Ohne Kosten kommst und gehst du, schmückst dich, salbst dich,
badest dich,

Wohlgemuth und ruhig; während Sorg' und Aufwand ihn
verzehrt,

Hast du, was du willst; er hängt das Maul, du lachst; du
trinkst zuerst,

Nimmst zuerst am Tisch den Plaz ein, hast ein zweifelhaftes Mahl.

Geta.

30 Was bedeutet das?

Phormio.

Du zweifelst, welche Speise du zuerst nimmst.
Wenn du recht bedenkst, wie kostbar und wie lecker Alles hier:
Muß dir da, wer solches beut, nicht als ein wahrer Gott
erscheinen?

Geta.

Der Alte kommt! — Sieh, was du thust! Der erste Kampf —
der hizigste.
Bestandst du den, dann steht dir ganz nach Herzenslust zu
spielen frei.

Zweite Scene.

Geta. Phormio. Demipho, begleitet von seinen Rechtsfreunden,
Hegio, Cratinus und Crito, die in dieser Scene eine stumme
Rolle spielen.

Demipho.
(ohne Geta und Phormio zu sehen)

Habt ihr gehört, daß Einem eine größre Schmach,
Ein größres Unrecht widerfuhr, als mir geschah?
Ach, Freunde, helft!

Geta.
(zu Phormio)

Er ist erzürnt.

Phormio.
(zu Geta)

Gib Acht auf mich!

Den will ich hezen.
(laut, daß Demipho ihn hört)

Ihr, des Himmels Götter! Ha!
5 Die Phanium wär' ihm nicht verwandt, sagt Demipho?

Geta.

Er sagt's.

Phormio.

Und wer ihr Vater, wiss' er nicht?

Geta.

Er sagt's.

Phormio.

Und wisse selbst nicht, wer der Stilpho war?

Geta.

Er sagt's.

Demipho.
(zu seinen Beiständen)

Das, glaub' ich, ist er selber, den ich meinte.   Kommt!
(sie treten etwas vor)

Phormio.

Der armen Waise Vater kennt man nicht, von ihr

10 Will Niemand etwas wissen.   Was thut doch der Geiz!

Geta.

Sprichst du mir schlecht von meinem Herrn, so geht's dir schlecht.

Demipho.
(zu seinen Freunden)

Der Freche kommt und klagt mich obendrein noch an!

Phormio.

Dem Jüngling, dem verdenk' ich's gar nicht, wenn er ihn
Nur wenig kannte: denn der Mann war schon bejahrt,

15 War arm, und lebte meistens auf dem Lande, wo
Er sich von Taglohn nährte; dort bestellt' er uns
Ein Gut für unsern Vater.   Oft erzählte mir
Der Greis, der Vetter kümmre sich gar nicht um ihn.
Doch welch ein Mann!   Der beste, den ich je geseh'n.

Geta.

20 Ganz also, wie du selber!

Phormio.
(leise)

Daß der Henker dich!
(laut)

Denn hätt' ich ihn für diesen nicht gehalten, nie
Weckt' ich von eurem Hause mir so schweren Haß
Um sie, die der so wenig edel von sich stößt.

Geta.

Nichtswürdiger, schimpfst du hinterrücks auf meinen Herrn?

Phormio.

25 Er hat's verdient.

Geta.

Ha, Bube, schweigst du?

Demipho.
(rufend)

Geta, he!

Geta.
(zu Phormio)

Du Gelderpresser, Rechtsverderber!

Demipho.

Geta, he!

Phormio.
(leise zu Geta)

Antworte!

Geta.

Wer da?

Demipho.

Schweige!

Geta.

Der hat hinterrücks
Auf dich mit Reden, die er selbst, nicht du, verdient,
Zu schmäh'n nicht abgelassen.

Demipho.

Ei, so schweige doch!

(zu Phormio)

30 Vergönne mir vor Allem erst die Bitte, mir
Antwort zu geben, junger Mann, wenn dir's gefällt.
Wer, sagst du, war dein Freund da? Sprich! In welcher Art
Behauptet er mit mir verwandt zu sein?

Phormio.

Du fragst,

Als hättest du ihn nie gekannt.

Demipho.

Ich ihn gekannt?

Phormio.

35 Gewiß.

Demipho.

Das läugn' ich: hilf du meinem Gedächtniß nach,
Weil du's behauptest!

Phormio.

Alle Welt! So kanntest du
Nicht deinen Vetter?

Demipho.

Wie du mich zu Tode quälst!
Den Namen sage!

Phormio.

Den Namen?

Demipho.

Ja! — Was schweigst du jezt?

Phormio.

(bei Seite)

Weh, weh! Der Nam' entfiel mir.

Demipho.

Wie? Was sagst du?

Phormio.
(leise zu Geta)

Freund!

40 Entsinnst du dich noch, wie wir ihn vorhin genannt,
So flüstre mir es zu.

(laut)

Das sag' ich nicht. Du willst
Mich prüfen, gleich als wäre dir es unbekannt.

Demipho.
Was? Ich dich prüfen?

Geta.
(flüsternd)

Stilpho!

Phormio.
Nun — was schiert es mich?

Stilpho!

Demipho.
Wie heißt er?

Phormio.
Stilpho, sag' ich: du kanntest ihn?

Demipho.
45 Ich kannt' ihn nicht; auch war mir nie ein Mensch verwandt,
Der diesen Namen führte.

Phormio.
Wie? Du schämst dich nicht?
Doch hätt' er zehn Talente hinterlassen —

Demipho.
Daß
Dich Gott —!

Phormio.
Du wärst der Erste dann, der euren Stamm
Vom Ahn und Urahn aus dem Kopf dahergesagt.

Demipho.

50 Ganz richtig! Käm' ich vor Gericht, ich würde, wie
Sie mir verwandt sei, sagen. Thu du's ebenfalls.
Ja, sage, wie ist sie verwandt?

Geta.

Schön, lieber Herr!
Ganz recht so!
(zu Phormio)
He du, wahre dich!

Phormio.

Ich hab' es klar
Am rechten Ort erläutert, wem ich's schuldig war:
55 Den Richtern. Warum widerlegt' es nicht dein Sohn,
Wenn's ungegründet war?

Demipho.

Du sprichst von meinem Sohn?
Nicht sagen läßt sich, wie beschränkt sich der benahm.

Phormio.

So wende du dich, der du ja so weise bist,
An die Gerichtsbehörden, daß zum andernmal
60 Sie dir ein Urtheil sprechen in demselben Streit.
Du bist allein ja König, der in Einem Streit
Zweimal ein Urtheil vom Gericht verlangen darf.

Demipho.

Wiewohl Gewalt an mir geschah, so will ich doch,
Bevor ich Händel suche vor Gericht und dich
65 Anhöre, sie ausstatten, wie's Gesez befiehlt,
Als wäre sie mit mir verwandt. So führe sie
Hinweg aus meinem Hause: nimm fünf Minen hier!

Phormio.
(lachend)
Ha, ha! Wie schnackisch!

Demipho.
Fordr' ich was Unbilliges?
Wie? Soll mir selbst nicht werden, was gemeines Recht
70 Doch Jedem zuspricht?

Phormio.
Aber will denn das Gesez,
Daß man sie ablohnt und sofort nach Hause schickt,
Wie eine Meze, wenn man ihr den Hof gemacht?
Soll nicht der Nächste darum nur ihr Gatte sein,
Daß nicht aus Armuth sich vergeht die Bürgerin,
75 Und nur mit Einem Manne ,lebt? Das wehrst du jezt!

Demipho.
Ganz recht, der Nächste! Sind wir das? Warum?

Phormio.
Oho!
Das alte Lied!

Demipho.
Das alte? Nein, ich raste nicht,
Bis ich es durchgesezt!

Phormio
Wie albern!

Demipho.
Laß mich nur!

Phormio.
Auch haben wir's am Ende nicht mit dir zu thun.
80 Dein Sohn ja, nicht du, ward verurtheilt; denn zum Frei'n
War deine Zeit vorüber.

Demipho.
Denke, daß er selbst
Das Alles spreche, was von mir gesprochen wird:
Sonst werf' ich ihn zum Hause samt dem Weib hinaus.

Geta.
(zu Phormio)

Er ist erzürnt.

Phormio.
(zu Demipho)

So böse darfst du doch nicht sein!

Demipho.

85 So willst du mir denn überall zuwider thun,
Unhold?

Phormio.
(heimlich zu Geta)

Er fürchtet sich vor uns, so sorglich er's
Verbirgt.

Geta.
(ebenso zu Phormio)

Der Anfang macht sich ganz erwünscht für dich.

Phormio.
(zu Demipho)

Wie dir's gemäß ist, trage, was du tragen mußt,
Und laß uns Freunde sein!

Demipho.
                    Verlang' ich denn, dein Freund
90 Zu werden? Will dich weder hören weder seh'n.

Phormio.

Sie kann, verträgst du dich mit ihr, dein Alter dir
Erheitern: denke nur an deine Jahre.

Demipho.
                              Dich
Erheitre sie: nimm du sie!

Phormio.
                    Laß den Grimm!

Demipho.

Hab' acht!
Genug der Worte! Schaffst du sie nicht bald hinweg,
95 So werf' ich sie vor die Thüre. Hörst du's, Phormio?

Phormio.

Behandelst du sie anders, als der Freien ziemt,
Droht dir ein schwerer Handel. Hörst du's, Demipho?
(leise zu Geta)
Wenn's nöthig ist, ich bin zu Haus.

Geta.

Verstehe schon.
(Phormio ab.)

Dritte Scene.

Geta. Demipho mit seinen Freunden **Hegio, Cratinus** und **Crito.**

Demipho.

Welch große Sorge, welches Leid macht mir der Sohn,
Der mich und sich verwickelt in die leidige
Heirat! Er läßt sich gar nicht seh'n; dann wüßt' ich doch,
Was er dazu sagt, oder was er willens ist.
(zu Geta)
5 Geh einmal hin, sieh, ob er heimgekommen ist.

Geta.

Sogleich.
(geht ab.)

Demipho.
(zu seinen Freunden)

Ihr sehet, wie der Handel steht. Was soll
Ich thun? Sprich, Hegio!

Hegio.

Ich? Cratinus, denk' ich, erst,
Wenn dir's gefällt.

Demipho.

So sprich, Cratinus!

Cratinus.

               Ich?

Demipho.

                   Ja, du!

Cratinus.

Ich wünschte, daß du thätest, was dir dienlich ist.

10 Ich meine: was dein Sohn gethan, da du ferne warst,
Wird in den alten Stand versezt nach Recht und Fug;
Und das erlangst du, mein' ich.

Demipho.

             Sprich jezt, Hegio.

Hegio.

Ich glaube, der sprach mit Bedacht. Doch also geht's:
„Viel Köpfe, viele Sinne; Jedem seine Art!"
15 Ich meine nicht, daß umgestoßen werden kann,
Was nach Gesez geschehen: schimpflich wäre das.

Demipho.

Sprich, Crito.

Crito.

         Wie ich meine, muß man's noch einmal
Erwägen; 's ist gar wichtig.

Hegio.
(sich empfehlend zu Demipho)

         Willst du weiter nichts?

Demipho.

Dank euch!

                              (Die drei ab.)

Ich bin viel ungewisser als zuvor.

Geta.
(kommt zurück)

20 Es heißt, er sei noch nicht zurück.

Demipho.
　　　　　　　　　So wart' ich denn
Auf meinen Bruder. Was mir der räth, will ich thun.
Ich will im Hafen fragen, wann er wiederkommt.
　　　　　　　　　　　　　　　　　　(ab.)

Geta.
Ich aber will den Antipho jezt suchen, ihm,
　Was hier gescheh'n ist, kundzuthun. Doch seh' ich recht,
25 So stellt er hier sich eben, wie gerufen, ein.

Vierte Scene.

Antipho. Geta.

Antipho.
(für sich)

Antipho, traun, manches Tadels bist du werth bei der
　　　　　　　　　　　Gesinnung!
So von hier zu geh'n, dein Leben fremder Hut dahinzugeben!
Glaubtest du, daß Andre besser, als du selbst, dich wahren
　　　　　　　　　　　würden?
Andres lassend, mußtest du doch für die Gattin Sorge tragen,
5 Daß sie nicht, auf dich vertrauend und getäuscht, ein Leid
　　　　　　　　　　　erführe!
Bist doch du's, auf dem allein der Armen Trost und Hülfe ruht.

Geta.
(näher tretend)

Auch wir, o Herr, wir tadeln dich schon lange, daß du dich
　　　　　　　　　　　entfernt —

Antipho.

Dich sucht' ich.

Geta.

Ließen aber doch deßhalb den Muth nicht sinken.

Antipho.

Sprich,

Ich bitte dich: wie steht's um mich und meine Sache? Witterte
10 Mein Vater was?

Geta.

Noch nichts.

Antipho.

Und hab' ich fürder Hoffnung?

Geta.

Weiß nicht.

Antipho.

Ach!

Geta.

Doch Phädria ließ nicht ab, für dich zu kämpfen.

Antipho.

Bin's an ihm gewohnt.

Geta.

Dann hat sich Phormio, wie sonst, auch hier als wackern
Mann bewährt.

Antipho.

Was that er?

Geta.

Schlug durch Worte nieder des aufgebrachten
Greises Zorn.

Antipho.

Schön, Phormio!

Geta.

Und ich, so viel ich konnte —

Antipho.

Dank euch allen, Freund!

Geta.

15 Wie gesagt, so steht es für den Anfang. Noch ist Alles ruhig,
Und dein Vater wartet, bis der Oheim kommt.

Antipho.

Warum?

Geta.

Er wolle,
Sagt er, nach dem Rath des Oheims handeln in der Sache hier.

Antipho.

Ha, wie bangt mir, wenn der Oheim, Geta, jezt gesund
zurückkommt!
Denn an seinem Wort allein hängt Leben oder Tod für mich.

Geta.

20 Phädria kommt.

Antipho.

Wo?

Geta.

Sieh, da tritt er vor aus seinem Tummelplaz.

Fünfte Scene.

Phädria und der Kuppler Dorio kommen aus dem Hause des Lezteren.
Antipho. Geta.

Phädria.
(hält den Dorio am Arme)

Dorio, höre doch!

Dorio.

Ich höre nicht.

Phädria.

Ein Wort nur!

Dorio.

Laß mich geh'n!

Phädria.

Höre mich!

Dorio.

Mir ekelt's wahrlich! Tausendmal das alte Lied!

Phädria.

Doch ich sage, was du gerne hörst.

Dorio.

So sprich: ich höre schon.

Phädria.

Laß dich doch erbitten, warte die drei Tage nur!

(der Kuppler will gehen)

Wohin

5 Willst du jezt?

Dorio.

Mich sollt' es wundern, wenn du mir was
Neues sagtest.

Antipho.

Der Kuppler, fürcht' ich —

Geta.
(bei Seite)

Dreht sich' seinen eignen Strick.

Phädria.

Traust du mir denn nicht?

Dorio.
Du faselst.

Phädria.

Wenn ich dir gelobe —

Dorio.

Possen!

Phädria.

Gute Zinsen, sollst du sagen, bringt der Liebesdienst dir ein.

Dorio.

Schwäzer!

Phädria.

Wirst es nicht bereuen: traun, im Ernste!

Dorio.

Träumerei!

Phädria.

10 Auf, versuch's! Nicht lange währt es.

Dorio.

Immer nur das alte Lied!

Phädria.

Du wirst mir Blutsverwandter, Freund, wirst Vater, wirst —

Dorio.

Ja, schwaze nur!

Phädria.

Solltest du so hartes Herzens und so unerbittlich sein,

Daß dich weder Mitgefühl noch Flehen je erweichen kann?

Dorio.

Solltest du so unverständig, Phädria, so sinnlos sein,

15 Daß du mich hinhältst mit Worten, gleißnerisch herausgeputzt,

Und das Mädchen unentgeldlich haben willst?

Antipho.

Er jammert mich.

Phädria.
(für sich)

Schlimm genug! Er traf das Rechte.

Geta.
(für sich)

Bleiben doch sich Beide gleich!

35*

Phädria.

Daß gerade, während Antipho mit gleichen Sorgen kämpft,
Mich der Unfall treffen muß!

Antipho.
(hervortretend)
Ach, Phädria, was ist es denn?

Phädria.
20 Antipho, du Sohn des Glückes!

Antipho.
Ich?

Phädria.
Dein Liebchen ist bei dir;
Und du durftest nie mit solchem Mißgeschick den Kampf besteh'n.

Antipho.
Wie? Bei mir? Nein, an den Ohren halt' ich, wie man sagt,
den Wolf,
Den ich weder loszulassen, weder festzuhalten weiß.

Dorio.
(auf Phädria deutend)
Eben so geht mir's mit dem.

Antipho.
(zu Dorio)
Ei, sei des Kupplernamens werth!
(zu Phädria)
25 Hat der etwas angestellt?

Phädria.
Der? Was ein Unmensch nur im Stand ist:
Meine Pamphila verkauft!

Geta.
Was? Sie verkauft?

Antipho.
Im Ernst? Verkauft?

Phädria.

Ja, verkauft!

Dorio.
(spöttisch)

Abscheulich! Eine für sein Geld erkaufte Magd!

Phädria.

Kann ihn nicht erbitten, noch zu warten, auf drei Tage nur
Jenem nicht sein Wort zu halten, bis ich das versprochne Geld
30 Mir von Freundeshand verschaffe.
(zu Dorio)
Wenn ich's dann nicht zahle, sollst
Du nicht eine Stunde länger mehr verzieh'n.

Dorio.
Du machst mich taub.

Antipho.

Die Frist, um die er bittet, ist nicht lang; gewähr' ihm
seinen Wunsch.

Er wird für diesen Liebesdienst den Preis verdoppeln, Dorio.

Dorio.

Eitle Worte!

Antipho.
Willst du Pamphila ziehen lassen aus der Stadt?
35 Kannst du fühllos dulden, daß der Liebesbund zerrissen wird?

Dorio.
(spöttisch)

Weder ich noch du —

Geta.
O straften dich die Götter, wie du's werth bist!

Dorio.

Gegen meine Weise trug ich, Phädria, dich manchen Monat:
Du versprachst, und zahltest nichts, und weintest. Jezt im
Gegentheil
Fand ich den, der zahlt und nicht weint: mache nun dem
Beßern Plaz.

Antipho.

40 Wahrlich, wenn mir recht ist, ward dir früher ja die Frist gesezt,

Wo du d e n bezahlen solltest.

Phädria.

Freilich.

Dorio.

Läugn' ich etwa dies?

Antipho.

Ist der Tag um?

Dorio.

Nein; der heut'ge geht ihm vor.

Antipho.

Du schämst dich nicht

Deines Wortbruchs?

Dorio.

Nein, wenn's etwas einbringt.

Geta.

Unflath!

Phädria.

Dorio,

Ist das recht?

Dorio.

So bin ich. Wenn ich dir gefalle, brauche mich.

Antipho.

45 So betrügst du d e n?

Dorio.

Mit nichten: er betrügt mich, Antipho.

Denn wie ich bin, weiß er doch; i h n hab' ich anders mir gedacht.

Er betrog mich; ich bin immer noch der Alte gegen ihn.

Aber wie dem sei, noch will ich dies thun: morgen früh versprach
Der Soldat das Geld zu zahlen.

(zu Phädria)

Bringst du's eher, folg' ich streng

50 Meiner Regel: wer zuerst zahlt, hat das Vorrecht. Lebe wohl!

(ab.)

Sechste Scene.

Phädria. Antipho. Geta.

Phädria.
(für sich)

Was zu thun? Wo schaff' ich dem so plözlich Geld, ich Armer,
der

Minder hat als nichts? O hätt' er mir doch nur drei Tage Frist
Zugestanden! Da war mir's versprochen.

Antipho.
(zu Geta)

Seh'n wir ruhig zu,

Daß er elend wird, der immer, wie du weißt, mir freundlich
half?

5 Nein, wir wollen, nun es noth thut, ihm vergelten, was
er that!

Geta.

Billig wär's gewiß.

Antipho.

Wohlan denn! Retten kannst du ihn allein.

Geta.

Nun — was soll ich?

Antipho.

Schaffe Geld!

Geta.

Das will ich; aber sprich: woher?

Antipho.
Mein Vater ist zurück.

Geta.
Was nun?

Antipho.
Dem Klugen ist ein Wort genug.

Geta.
(indem er die Geberde des Stehlens macht)
So meinst du?

Antipho.
Ja.

Geta.
Fürwahr, du räthst mir schön: o geh mir
weg damit!

10 Bin schon froh, bringt deine Heirat keine Prügel mir; und nun
Willst du, daß ich, dem zuliebe, gar an's Kreuz mich schlagen
lasse?

Antipho.
Er hat Recht.

Phädria.
Wie, Geta? Bin ich euch so fremd?

Geta.
Das mein' ich nicht.
Aber ist es ein Geringes, daß der Greis uns allen zürnt?
Müssen wir ihn gar noch reizen, daß kein Raum für Bitten
bleibt?

Phädria.
15 Soll ein Andrer sie von meinen Augen weg in fremdes Land
Führen? Ha! Nun denn, solang ihr könnt und ich noch da
bin, sprecht,
Antipho, mit mir, o seht mich an!

Antipho.
Warum? Was hast du vor?

Phädria.

Wo man sie hinbringe, fest ist mein Entschluß, ich eil' ihr nach,
Oder sterbe!

Geta.

Wünsche Glück dazu! Doch geht's wohl nicht so schnell?

Antipho.
(zu Geta)

20 Ob du nicht in etwas helfen kannst —

Geta.

Worin?

Antipho.

O sinne nach,
Daß er nicht, hier oder dort, was thue, das hernach uns reut.

Geta.
(nach einer kleinen Pause)

Gut! Ich denk', ihm ist geholfen: doch mir bangt, uns geht
es schlimm.

Antipho.

Sei nicht bange! Glück und Unglück tragen wir vereint mit dir.

Geta.

Sprich: wie viel Geld hast du nöthig?

Phädria.

Mehr als dreißig Minen nicht.

Geta.

25 Dreißig? Hu! Ein theures Liebchen!

Phädria.

Nein, fürwahr, sehr billig ist's.

Geta.

Gut! Ich schaff' es.

Phädria.
(umarmt ihn)

Liebster!

Geta.

Weg da!

Phädria.

Brauch' es gleich.

Geta.

Bekommſt es gleich.

Doch noch Eins: zum Helfershelfer brauch' ich Phormio dabei.

Antipho.

Iſt zur Hand! Dem kannſt du keck aufpacken, was du willſt:
er trägt's.

Der iſt einzig Freund dem Freunde.

Geta.

Geh'n wir denn ſogleich zu ihm!

Antipho.

30 Kann ich euch in irgend etwas dienen?

Geta.

Nein; doch geh nach Haus;

Tröſte dort das arme Weibchen, das gewiß vor lauter Angſt
Halb entſeelt iſt.

(da Antipho eine Weile in Gedanken ſteht)

Säumſt du?

Antipho.

Nichts auf Erden kann ich lieber thun.

(ab.)

Phädria.

(zu Geta)

Nun, wie willſt du's machen?

Geta.

Davon unterwegs. Jezt fort von hier!

Vierter Act.

Erste Scene.

Demipho. Chremes.

Demipho.

Nun, Chremes? Haft du deine Tochter mitgebracht, —
Was dich nach Lemnos führte?

Chremes.

      Nein.

Demipho.

           Warum denn nicht?

Chremes.

Als ihre Mutter fieht, ich bleibe hier zu lang,
Zudem des Mädchens Alter meine Zögerung
5 Nicht länger tragen konnte, zog fie, fagte man,
Mir nach mit ihrem ganzen Haus.

Demipho.

         Was bliebft du denn,
Als dir die Kunde wurde, 'noch fo lange dort?

Chremes.

Nun, eine Krankheit hielt mich ab.

Demipho.

         Wie fo?

Chremes.

Du fragst?

Das Alter selbst ist eine Krankheit. Daß sie wohl
10 Anlangten, sagt der Schiffer, der sie hergebracht.

Demipho.

Was meinem Sohn begegnet, als ich ferne war,
Vernahmst du?

Chremes.

Das verrückt mir eben meinen Plan.

Denn trag' ich einem Fremden meine Tochter an,
So muß ich ihm vollständig Auskunft geben, wie,
15 Durch wen sie meine Tochter ist. Du, wußt' ich wohl,
Du meinst's mit mir so redlich, als ich selbst mit mir.
Der dort, der Fremde, wenn er mich zum Schwäher will,
Hält reinen Mund, so lang wir gute Freunde sind:
Sobald er aber mich verschmäht, dann weiß er mehr,
20 Als dienlich ist; dann, fürcht' ich, hört es meine Frau.
Geschieht das, muß ich aus dem Haus mit leerer Hand;
Von all dem Meinen ist ja Nichts mein, als ich selbst.

Demipho.

Das weiß ich wohl, und bin darüber sehr besorgt.
Auch will ich nicht ermüden, will nicht eher ruh'n,
25 Als bis ich dir erfüllte, was ich dir versprach.

Zweite Scene.

Geta. Demipho und **Chremes** sind bei Seite gegangen und berathen
sich, ohne den Geta zu bemerken, wie auch er die Alten anfangs
nicht bemerkt.

Geta.

Nie sah ich einen schlauern Kopf, als Phormio.
Ich komme, sag' ihm, daß wir Geld benöthigt sind,

Und wie's in bester Weise wohl zu schaffen sei.
Kaum sagt' ich's ihm zur Hälfte, da begriff er's schon.
5 Er freut sich, lobt mich, sucht sofort den Alten auf,
Und dankt den Göttern, daß sich ihm Gelegenheit
Darbiete, sich dem Phädria nicht minder Freund
Zu zeigen, als dem Antipho. Ich hieß am Markt
Ihn warten; „dorthin führ' ich ihm den Alten zu."
(indem er den Demipho gewahr wird)
10 Da ist er! Und wer weiter?
(erschrocken)
Poz! Der Vater kam
Von Phädria! — Doch was erschreck' ich Esel? Weil
Ich Zwei für Einen habe, die ich täuschen kann?
Bequemer ist es, mein' ich, wenn man doppelt hofft.
Dort will ich mir es holen, wo ich gleich zuerst
15 Es holen wollte. Gibt es der, dann ist es recht;
Und ist's bei dem nichts, mach' ich mich an den Fremden da.

Dritte Scene.

Antipho im Hintergrunde. **Geta. Chremes. Demipho.**

Antipho.

Ich wart' es ab, wie bald der Geta wiederkommt.
Doch seh' ich da den Oheim mit dem Vater. Ach!
Mir bangt, wozu der meinen Vater treiben wird.

Geta.
(für sich)

Ich gehe hin.
(laut)
Willkommen, Chremes!

Chremes.

Danke dir.

Geta.

5 Mich freut's, du bist gesund zurück.

Chremes.

Ich glaub's.

Geta.

Wie geht's?

Chremes.

Viel Neues hier, wie immer, wenn man von Reisen kommt.

Geta.

Wahr! Weißt du's schon von Antipho?

Chremes.

Weiß Alles schon.

Geta.
(zu Demipho)

Du sagtest's ihm? — Abscheulich, Chremes, also sich
Getäuscht zu sehen!

Demipho.

Eben sprach ich mit ihm davon.

Geta.

10 Auch ich — ich ging darüber mit mir selbst zu Rath,
Und einen Ausweg fand ich, wie ich meine.

Chremes.
(freudig)

Was?

Demipho.
(ebenso)

Und welchen?

Geta.

Als ich ging von dir, kam Phormio

Zufällig mir entgegen —

Chremes.

Wer ist Phormio?

Geta.

Der, der das Mädchen —

Chremes.

Ach! Ich weiß.

Geta.

Ich dachte gleich:

15 „Erst mußt du den ausholen," nahm ihn mir allein,
Und sprach: „warum, Freund Phormio, versuchen wir
Nicht lieber erst die Sache zwischen uns in Ruh
Und Güte beizulegen, als in Zank und Streit?
Mein Herr — er denkt großmüthig, ist Processen feind.
20 Denn traun, die Andern, seine Freunde, gaben ihm
Aus Einem Mund jezt eben allzumal den Rath,
Sie vor die Thür zu werfen."

Antipho.
(für sich)

Was beginnt der Mensch?
Wo will's hinaus am Ende?

Geta.
(fortfahrend)

„Meinst du, das Gesez
Werd' ihn zur Strafe ziehen, wenn er sie verstößt?
25 Da sind wir sicher. Wahrlich, du wirst schwizen, wenn
Du dich mit dem einläffest. Solch ein Zungenheld
Ist er. Indessen, wenn er's auch verlöre, gilt's
Am Ende doch nicht seinem Kopf, nur seinem Geld."
Sobald ich merkte, daß der Mensch geschmeidig ward:
30 „Wir sind allein jezt," sagt' ich; „he, was muß ich dir
In die Hände drücken, daß mein Herr die Klage läßt,
Daß die das Haus räumt, du hinfort nicht läftig bist?"

Antipho.
(für sich)

Ist der verrückt?

Geta.
(fortfahrend)

„Denn sicher weiß ich: wenn du nur
In Etwas gut und billig sprichst, dann werdet ihr —
35 So gütig ist er — heute nicht drei Worte mehr
Zusammen wechseln."

Demipho.
Wer gebot dir so zu thun?

Chremes.
O laß doch! Besser konnten wir an unser Ziel
Nicht hingelangen.

Antipho.
(für sich)

Wehe mir!

Chremes.
Sprich fort!

Geta.
Zuerst
Benahm er sich wie toll.

Chremes.
Nun, was verlangt er denn?

Geta.
40 Was? Schrecklich viel!

Chremes.
Wie viel denn?

Geta.
„Wenn er ein attisches
Talent erhielte" —

Demipho.
Ja, die Pest! Schämt der sich nicht?

Geta.

Da sagt' ich ihm: „wie, wenn er die einzige Tochter selbst
Ausstatten müßte — ?"

Demipho.
(hastig einfallend)

Wenig half mir's also, daß
Ich keine habe: fand sich hier doch Eine, die
45 Mitgift begehrt.

Geta.

Um kurz zu sein, mit seinen Albernheiten euch
Nicht aufzuhalten, — endlich war sein leztes Wort:
„Ich wollte meines Freundes Kind, wie's billig war,
Schon gleich im Anfang freien; denn ich dachte mir,
Wie drückend ihr es wäre, wenn als Arme sie
50 Gerieth an einen reichen Mann in Sklaverei.
Doch ich — bekenn' ich's offen dir! — braucht' eine Frau,
Die Etwas mir zubrächte, meine Schulden zu
Bezahlen. Und auch jezt noch, gibt mir Demipho,
Was ich von der bekomme, der ich mich verlobt,
55 So wünscht' ich Keine lieber mir als die zur Frau."

Antipho.
(für sich)

Ob der aus Einfalt oder gar Böswilligkeit
So thut, mit Absicht oder nicht, ich weiß es nicht.

Demipho.
Wie, wenn er schuldet seinen Kopf?

Geta.

„Sein Gütchen sei
Verpfändet um zehn Minen."

Demipho.
Gut! Er nehme sie!

60 Ich zahl's.

Donner, Publius Terentius.   36

Geta.

„Ein Häuschen um zehn andre noch."

Demipho.

Ho, ho!

Zu viel!

Chremes.

O schrei nicht! Diese zehn geb' ich dazu.

Geta.

„Die Frau bedarf ein Mädchen; dann gebricht noch was
An Hausgeräthe; Geld zum Hochzeitfest bedarf's:
Für das zusammen rechne noch zehn andere."

Demipho.

65 Nein, da verklag' er lieber mich zehntausendmal!
Nichts geb' ich! Höhnen soll mich noch der schmuz'ge Kerl?

Chremes.

Ich geb' es; sei doch ruhig! Mach nur, daß dein Sohn
Die nehme, die wir ihm bestimmt.

Antipho.
(bei Seite)

Weh, wehe mir!
Mit deinen Ränken, Geta, bringst du mich noch um!

Chremes.

70 Um meinetwillen muß sie fort; so muß ich auch
Dies Opfer bringen.

Geta.

„Gib, so schnell dir's möglich ist,
Mir Kunde," sprach er endlich, „ob sie Phanium
Mir geben wollen, daß ich weiß, woran ich bin,
Und mich von der losmache. Denn die Leute sind
75 Bereit, die Mitgift ungesäumt zu zahlen."

Chremes.

Gleich

Soll er's bekommen; also künd' er jenen auf,
Und nehme diese!

Demipho.

Mög' es ihm zum Fluch gedeih'n!

Chremes.

Da hab' ich ganz gelegen jetzt das Geld bei mir,
Den Zins, den meines Weibes Gut auf Lemnos trägt:
80 Da nehm' ich's, und sage meiner Frau, du brauchst das Geld.

(ab mit Demipho.)

Vierte Scene.

Antipho. Geta.

Antipho.

He, Geta!

Geta.

Nun?

Antipho.

Was thatest du?

Geta.

Die Alten prellt' ich um das Geld.

Antipho.

Ist das genug?

Geta.

Ich weiß nicht; so viel ward verlangt.

Antipho.

Soll das auf meine Frage, Kerl, die Antwort sein?
Du Schlingel!

Geta.

Nun, was meinst du?

Antipho.

Was? Ich danke dir's,

5 Daß ich geradesweges nur mich hängen kann.
O daß doch alle Götter dich und Göttinnen
Der Oberwelt und Unterwelt, zum warnenden
Beispiel für Andre, von der Welt vertilgten! Ha,
Wer Etwas gut besorgen will, trag's diesem auf,

10 Der aus der Stille des Meeres ihn auf Klippen wirft!
Was konnte minder frommen, als den wunden Fleck
Zu berühren oder meine Frau zu nennen? Sprich!
Mein Vater hofft jetzt, ihrer los zu werden. Sieh,
Wenn Phormio das Geld erhält, so muß er sie

15 Heimführen: was wird's weiter dann?

Geta.

Der nimmt sie nicht.

Antipho.
(frohlent)

Ich weiß es; aber wenn sie nun ihr Geld zurück
Verlangen, wird er, uns zuliebe, lieber sich
Einstecken lassen.

Geta.

Antipho, was ließe sich
Nicht böse machen, wenn es schief geschildert wird?

20 Du lässest weg das Gute, nennst das Schlimme nur.
Jetzt höre mich dagegen. Wenn er das Geld bekommt,
Muß er sie nehmen, sagtest du. Das räum' ich ein.
Doch wird zum Hochzeitrüsten ihm, zum Opfern und
Einladen noch ein bischen Zeit verstattet sein.

25 Indessen schaffen Freunde, was versprochen ist.
So zahlt er's wieder.

Antipho.

Doch was gibt er vor?

Geta.

Du fragst?

Gar Vieles! „Böse Zeichen sah ich hinterher:
Mir lief ein fremder rabenschwarzer Hund in's Haus;
In meinen Hof fiel eine Schlange vom Dach herab;
30 Die Henne krähte; ein Seher widerrieth; mir hat
Ein Opferschauer untersagt, vor Winter noch
Was Neues anzufangen." Ein vollgült'ger Grund!
So geht es.

Antipho.

Wenn's nur geht!

Geta.

Es geht: vertraue mir! —

Dein Vater! — Geh zu Phädria, das Geld sei da.

(Antipho geht ab.)

Fünfte Scene.

Demipho mit einem Geldsack. **Geta. Chremes.**

Demipho.
(zu Chremes)

Sei ruhig; dafür sorg' ich schon, daß uns der Mensch nicht
hintergeht.
Das Geld da geb' ich nicht so blindlings her, ich ziehe
Zeugen bei,
Wem und warum ich's gebe.

Geta.
(bei Seite)
Wie vorsichtig, wo's nicht nöthig ist!

Chremes.

So mußt du's machen; eile nur, so lang er noch des Sinnes ist!
5 Denn wenn die Andre mehr ihn drängt, so kündet er uns
wieder auf.

Geta.
(bei Seite)

Du trafst es!

Demipho.
(zu Geta)

Führe mich denn hin zu ihm!

Geta.
Sogleich.

Chremes.
Ist das gescheh'n,

Geh' hin zu meiner Frau: sie soll mit der noch sprechen, eh
sie geht,

Ihr sagen, wir vermählten sie dem Phormio; sie möge drum
Nicht zürnen; der sei passender, weil er mit ihr bekannter sei.

10 Wir hätten unsre Pflicht gethan, so viel zur Mitgift ihr bezahlt,
Als er begehrt.

Demipho.
Was (Henker!) liegt denn dir daran?

Chremes.
Viel, Demipho.

Die Pflicht zu thun, ist nicht genug, wenn's nicht die Welt
gutheißt. Es soll

Mit i h r e m Willen auch gescheh'n; sonst sagt sie, daß man sie
verjagt.

Demipho.
Das kann auch i ch thun.

Chremes.
Frau zur Frau paßt besser.

Demipho.
Gut: ich bitte sie.
(ab mit Geta)

Chremes.
15 Mir geht es jezt im Kopf herum, wo ich die Meinen finden kann.

Sechste Scene.

Sophrona (aus Demipho's Haus stürzend). **Chremes.**

Sophrona.
(ohne den Chremes zu sehen)

Was zu thun? Wo find' ich Arme einen Freund? Mit wem
berath' ich's?

Wo erfleh' ich Hülfe mir?

Denn mir bangt, daß meine Herrin meines Rathes wegen
Unbill

Leiden muß: so zürnt des Jünglings Vater über dies Beginnen.

Chremes.
(für sich)

5 Wer ist die Alte, die halbentseelt aus meines Bruders Hause
stürzt?

Sophrona.

So zu thun, bewog mich Armuth. Daß die Heirat nicht Bestand
Habe, wußt' ich, aber rieth denn doch dazu, damit wir nur
Vor der Hand zu leben hätten.

Chremes.

Trügt mich mein Gedächtniß nicht,
Täuscht mich nicht mein Auge, seh' ich wahrlich meiner Tochter
Amme.

Sophrona.

10 Auch ihr Vater —

Chremes.

Was beginn' ich nur?

Sophrona.

Ist nirgends aufzuspüren.

Chremes.

Sprech' ich? Wart' ich noch, bis ihre Rede mir noch mehr
enthüllt?

Sophrona.

Könnt' ich d e n jezt finden, wäre mir nicht bange mehr.

Chremes.

Sie ist es.

Hin zu ihr!

Sophrona.

Wer spricht da?

Chremes.
(leise rufend)

Sophrona!

Sophrona.

Wer nennt da meinen Namen?

Chremes.

Sieh nach mir!

Sophrona.

Um alle Götter! Ist das Stilpho?

Chremes.

Nein!

Sophrona.

Wie? Nicht?

Chremes.

15 Sophrona, tritt von der Thüre dort ein wenig hier herüber.
Bei diesem Namen nenne mich nicht mehr.

Sophrona.

Warum? Bist d u nicht der,
Für den du stets dich ausgegeben?

Chremes.
(auf die Thüre deutent)

Bst!

Sophrona.

Was fürchtest du die Thür?

Chremes.

Da drinnen haust mein grimmig Weib. Den Namen Stilpho
legt' ich einst

Mir fälschlich bei, damit ihr euch nicht unbedachtsam wohl
einmal

20 Verschwaztet, und dann meine Frau es irgendwie erführe.

Sophrona.

Ha!

So freilich war's unmöglich uns, dich hier zu finden.

Chremes.

Sage mir:

Was hast du mit dem Hause für Verkehr, aus dem du kamest?
Wo sind die Meinen?

Sophrona.
(weinend)

Ach!

Chremes.

Was ist's? Sie leben doch?

Sophrona.

Die Tochter

Lebt noch: der armen Mutter hat der Gram das Herz gebrochen.

Chremes.

25 Das thut mir weh!

Sophrona.

Ich alte Frau, verlassen, arm, hier unbekannt,

That, was ich konnte, gab zur Frau das Mädchen an den
Jüngling hier,

Dem dieses Haus gehört.

Chremes.

Den Antipho?

Sophrona.

Ja, diesen eben.

Chremes.

Was? Hat er denn zwei Frauen?

Sophrona.

Ah! Ich bitte! Nur die Eine.

Chremes.

Und die Andre, die mit ihm verwandt sein soll —?

Sophrona.

Ist die.

Chremes.

Was sagst du!

Sophrona.

30 Wir kamen überein, daß er sein Liebchen ohne Mitgift
Heiraten konnte.

Chremes.

Guter Gott! Wie oft führt blinder Zufall
Herbei, was man zu wünschen nicht gewagt! Ich komm' und
finde
Die Tochter hier vermählt mit wem ich wollt' und wie ich wollte.
Woran wir Zwei mit aller Macht uns abgemüht, hat diese
(auf Sophrona deutend)
35 Ohn' unsre Sorge ganz allein vollbracht durch ihre Sorge.

Sophrona.

Jezt überlege, was zu thun! Des Jünglings Vater kam
zurück,
Und soll darob gewaltig ungehalten sein.

Chremes.

Hat keine Noth.

Doch laß um alle Welt Niemand erfahren, daß sie mein ist.

Sophrona.

Ich sag' es Niemand.

Chremes.

Folge mir! Das Weit're hörst du drinnen.

(Beide ab in Demipho's Haus.)

Fünfter Act.

Erste Scene.
Demipho. Geta.

Demipho.
Wir selbst sind schuld, daß schlechtes Thun dem schlechten
Mann Gewinn bringt;
Denn gar zu viel liegt uns daran, für mild und gut zu gelten.
„Fleuch“, heißt es, „nicht am eignen Haus vorbei!“ War's
nicht genügend,
Daß der uns einen Streich gespielt? Man warf ihm auch
noch Geld hin,
5 Davon zu leben, bis er uns ein neues Bubenstück verübt.

Geta.
Sehr richtig.

Demipho.
Jezt wird noch belohnt, wer Recht verkehrt in Unrecht.

Geta.
Sehr wahr.

Demipho.
Wie thöricht waren wir, ihm in die Hand zu spielen!

Geta.
Und käme man nur so mit ihm davon, daß er sie nähme!

Demipho.

Fragt dies sich noch?

Geta.

Wie das ein Mensch ist, kann er leicht sich ändern.

Demipho.

10 Sich ändern? Was?

Geta.

Ich weiß von nichts; doch möglich wär' es immer.

Demipho.

Ich thue, was mein Bruder räth, und hole seine Frau, daß
Sie mit ihr spreche. Geta, geh' und melde, daß sie komme.

(Demipho ab in das Haus des Chremes.)

Zweite Scene.

Geta allein.

Geta.

Für Phädria ist Geld geschafft; der Hader hat ein Ende.
Gesorgt ist, daß die

(auf das Haus deutend)

nicht sogleich fortmuß von hier. Was weiter?
Was wird's? Du steckst im alten Koth, borgst, um zu zahlen,
Geta.
Das Ungewitter über dir verzog sich eine Weile;
5 Die Prügel sind im Wachsen, wenn du nicht gehörig Acht hast.
Jezt will ich schnell nach Hause geh'n und Phanium bedeuten,
Damit sie vor Nausistrata's Gerede nicht sich fürchte.

(ab in Demipho's Haus.)

Dritte Scene.

Demipho. Nausistrata.

Demipho.

Auf, wie du pflegst, Nausistrata, sieh, daß du sie begütigst,
Daß sie mit freiem Willen thut, was wir verlangen.

Nausistrata.

Gerne.

Demipho.

Du thust mir hier den gleichen Dienst, wie vorhin durch das
Darleh'n.

Nausistrata.

That's gerne; wenn ich minder that, als ziemte, trägt mein
Gatte

5 Die Schuld.

Demipho.

Warum denn?

Nausistrata.

Weil er, was mein Vater wohl erworben,
Nachlässig wahrnimmt. Dieser zog aus seinen Gütern jährlich
zwei
Talente. Wie doch Ein Mann vor dem andern ist!

Demipho.

Zwei — sagst du?

Nausistrata.

Und das in viel wohlfeil'rer Zeit, doch zwei Talente!

Demipho.

Der Tausend!

Nausistrata.

Was hältst du davon?

Demipho.
(zuckt die Achseln)

Freilich wohl —

Nausistrata.
(wirft sich in die Brust)
Wär' ich ein Mann geboren:

10 Ich wollte zeigen —

Demipho.

Glaube schon.

Nausistrata.
Wie man's —

Demipho.
O Beste, schone dich,

Daß du mit ihr — Leicht könnte dich das junge Weib ermüden!

Nausistrata.

Wie du besiehlst! Doch sieh, da kommt mein Mann aus deinem
Hause.

Vierte Scene.

Chremes. Demipho. Nausistrata.

Chremes.
(voll Freude, ohne seine Frau zu bemerken, zu Demipho)
Du!

Hat er das Geld schon?

Demipho.
Wurde gleich von mir besorgt.

Chremes.
O hätt' er's nicht!
(indem er seine Frau gewahr wird, bei Seite)
Weh, meine Frau! Fast hätt' ich da zu viel gesagt!

Demipho.

Warum denn nicht?

Chremes.

Schon recht!

Demipho.

Nun, sprachst du schon mit ihr, weßhalb sie
hierher kommen soll?

Chremes.

Schon abgemacht.

Demipho.

Was sagt sie denn?

Chremes.

Sie läßt sich nicht fortbringen.

Demipho.

Und

5 Warum nicht?

Chremes.

Beide lieben sich von Herzen.

Demipho.

Kümmert das denn uns?

Chremes.

Sehr viel! Auch ist sie, hör' ich, uns verwandt.

Demipho.

Du faselst.

Chremes.

Ja, so ist's.
Ich rede nicht in's Blaue; wohl entsinn' ich mich.

Demipho.

Bist du verrückt?

Nausistrata.
(zu Demipho)

Ach, thu der Anverwandten doch kein Leid!

Demipho.

Sie ist's nicht.

Chremes.

Läugn' es nicht.

Des Vaters Name wurde falsch genannt; das führt dich irr.

Demipho.

Sie kennt

10 Den Vater nicht?

Chremes.

O doch!

Demipho.

Warum denn nannte sie ihn falsch?

Chremes.
(leise zu Demipho)

Du willst

Mir heute nichts einräumen, willst mich nicht versteh'n?

Demipho.

Du sagst ja nichts.

Chremes.

So laß doch!

Nausistrata.

Ich begreife nicht: was soll das sein?

Demipho.

Ich weiß es nicht.

Chremes.
(leise)

Nun, willst du's wissen? Wisse denn: kein andrer Mensch —
so wahr mir Gott! —

Steht näher ihr, als ich und du.

Demipho.

>   Bei allen Göttern, laßt zu ihr
15 Uns geh'n! Wir alle müssen das recht wissen oder nicht.

(er will fort)

Chremes.

(besorgend, Nausistrata möchte auch mit in's Haus gehen, gibt dem Bruder einen Wink)

>   Gemach!

Demipho.

Was hast du?

Chremes.

>   Schenkst du mir so wenig Glauben?

Demipho.

>   Glauben soll ich es?
Nicht weiter soll ich forschen? Gut! Es sei! Was aber wird
>   aus ihr,
Der Tochter unsers Freundes?

Chremes.

(in Verlegenheit, und das Gespräch abzubrechen suchend)

>   Recht!

Demipho.

>   Die lassen wir denn ziehen?

Chremes.

>   Ja.

Demipho.

Und jene bleibt?

Chremes.

>   Gewiß.

Demipho.

>   Du kannst jezt also geh'n, Nausistrata.

Nausistrata.

20 So, glaub' ich, ist es wahrlich auch für Alle besser, daß sie bleibt,
Als wie du's anfingst. Denn sie schien mir äußerst fein, als
>   ich sie sah.

>   (ab.)

Demipho.

Wie ist's damit? Sprich!

Chremes.

Schloß sie schon die Thüre?

Demipho.

Ja.

Chremes.

Die Götter sind
Uns gnädig! Meine Tochter fand ich deinem Sohn vermählt.

Demipho.

Wie war
Dies möglich?

Chremes.

Zum Erzählen ist der Ort nicht sicher.

Demipho.

Komm hinein!

Chremes.

25 Doch wünsch' ich, unsre Söhne selbst (hörst du's?) erführen
nichts davon.

(Beide ab.)

Fünfte Scene.

Antipho allein.

Antipho.

Wie's auch mit meiner Sache steht, mich freut das Glück
des Vetters.
Wie weise, solchen Wünschen nur im Herzen Raum zu geben,
Die leicht befriedigt werden, auch wenn schlimme Loose fallen!
Wie der das Geld empfangen, war er seiner Sorge ledig.
5 Ich kann in keiner Weise mich aus diesen Wirren retten:

37*

Wenn's heimlich bleibt, bin ich in Angst; wird's öffentlich,
bin ich beschimpft.
Auch nicht nach Hause ging' ich jezt, wenn nicht sich Hoffnung
zeigte,
Die Phanium zu behalten. Doch wo kann ich Geta finden,
Ihn fragen, wann es passend sei, daß ich den Vater spreche?

Sechste Scene.

Antipho. Phormio.

Phormio.
(für sich)

Das Geld empfing ich, gab es an den Kuppler, nahm die
Dirne mit,
Und Phädria besizt sie nun als eigen; denn frei ward sie jezt.
Nun bleibt mir nur noch Eines auszurichten: daß die Alten mir
Zum Zechen Ruhe lassen; denn ich möcht' einmal recht lustig
sein.

Antipho.
(für sich)

5 Sieh, Phormio!
(zu Phormio)
Was sagst du?

Phormio.

Wie?

Antipho.

Was wird er thun, der Phädria?
Wie denkt er jezt im Vollgenuß der Liebe sich zu sättigen?

Phormio.

Er spielt nun deine Rolle.

Antipho.

Welche?

Phormio.

Er läuft vor seinem Vater fort,
Gibt dir dafür die seine, meint, du sollst für ihn der Sprecher
sein.

Denn zechen will er jetzt bei mir. Ich will den Alten sagen, daß
10 Ich auf den Markt nach Sunium, die Magd zu kaufen,
gehe, die

Der Geta vorhin gegen sie erwähnt; sie möchten sonst, im Fall
Sie hier mich nicht mehr sehen, sich einbilden, ich verthu'
ihr Geld.

(in Demipho's Hause wird an die Thüre geklopft.)

Doch still! Es pocht an deiner Thür.

Antipho.

Sieh, wer herauskommt.

Phormio.

Geta ist's.

Siebente Scene.

Geta stürzt in voller Freude heraus. Antipho. Phormio.

Geta.
(für sich)

Hohe Glücksgöttin, mit wie viel Wonne, wie ganz unversch'ns,
Hast du diesen Tag belastet meinem Herrn, dem Antipho —

Antipho.
(zu Phormio)

Was will der hier?

Geta.

Und der Furcht entlastet seine Freunde, uns!
Doch was säum' ich jetzt, warum belast' ich nicht die Schulter mir
5 Mit dem Mantel, such' ihn eilig, und erzähl' ihm, was
gescheh'n?

Antipho.
(zu Phormio)

Du, verstehst du, was er schwazt?

Phormio.

Verstehst du's?

Antipho.

Nichts.

Phormio.

So viel ich auch.

Geta.

Will zum Kuppler geh'n, — da sind sie jezt.
(will fort)

Antipho.

He, Geta!

Geta.

Nun, da hast du's!

Wenn man forteilt, ruft man Einem: ist's ein Wunder?
(eilt weiter)

Antipho.
(ruft noch lauter)

Geta, he!

Geta.
(ohne sich umzusehen)

Der schreit fort. Nein, du gewinnst nichts mit dem Lärmen!

Antipho.
(hinter ihm her)

Willst du steh'n?

Geta.

10 Geh zum Henker!

Antipho.

Ja, der holt dich, Schurke, stehst du nicht sogleich!

Geta.

's muß doch wohl ein guter Freund sein; droht mit Schlägen!
(er sieht sich um)

Aber ist's

Nicht der, den ich suche? Ja, er ist's!

Antipho.

Geschwind daher! Was gibt's?

Geta.

Du Beglücktester von allen Menschen, so die Erde trägt!
Denn fürwahr, du bist allein der Götter Liebling, Antipho!

Antipho.

15 Das möcht' ich sein; doch wissen möcht' ich auch, warum ich's
glauben soll.

Geta.

Nicht genügt es, wenn ich dich mit Freuden überschütte?

Antipho.

Du

Marterst mich!

Phormio.
(zu Geta)

Hinweg mit dem Gerede! Sage, was du bringst!

Geta.

Ah! Du auch hier, Phormio?

Phormio.

Freilich. Nur geschwind!

Geta.
(zu Antipho)

So höre denn!

(zu Phormio)

Als wir auf dem Markte dir das Geld gegeben, gingen wir
20 Gradeswegs nach Haus.

(zu Antipho)

Indeß schickt mich der Herr zu deiner Frau.

Antipho.

Und warum?

Geta.

Das kann ich übergeh'n, weil's nicht hieher gehört.
Ich trat in's Fraungemach, da läuft ein Sklave, Mida,
her zu mir,
Zupft hinten mich am Mantel, zieht mich hinterwärts; ich
sah mich um,
Frug, was er mich aufhalte. Niemand, sagt er, darf zur
jungen Frau.
25 Sophrona führt' eben Chremes, unseres Alten Bruder, ein;
Der sei jezt bei ihnen drinnen. Als ich das vernommen,
schlich ich
Leisen Schrittes an die Thüre, trete näher, bleibe stehen,
Hielt den Athem, legte das Ohr an, horchte auf, belauschte so
Jedes ihrer Worte.

Antipho.

Recht so, Geta!

Geta.

Da vernahm ich denn
30 Wunderdinge zum Entzücken, und vor Freude schrie ich fast.

Antipho.

Was?

Geta.

Was meinst du wohl?

Antipho.

Ich weiß nicht.

Geta.

Wahrlich, äußerst wunderbar!
Man entdeckte, daß dein Oheim deiner Gattin Vater ist.

Antipho.
(staunend)

Was?

Geta.

Er pflog mit ihrer Mutter einst in Lemnos heimlich Umgang.

Phormio.

Possen! Ihren Vater sollte die nicht kennen?

Geta.

Glaube mir,

35 Irgendwas liegt dem zu Grunde. Doch wie konnt' ich vor
der Thür

Alles hören, was sie drinnen unter sich abmachten?

Antipho.

Traun!

Dies Gerede hört' ich auch schon.

Geta.

Gebe dir noch was darauf,

Daß du's eher glaubst. Dein Oheim kommt indessen vor
die Thür;

Gleich hernach geht er mit deinem Vater wiederum in's Haus.
40 Beide sagen, sie gestatten, daß du sie behalten dürfest.
Auch bin ich gesandt, dich aufzusuchen und vor sie zu bringen.

Antipho.
(außer sich vor Freude)

Ha! So reiß mich fort! Was säumst du?

Geta.

Komm, o komm!

Antipho.

Mein Phormio,

Lebe wohl!

Phormio.

Auch du. Wie freut mich's, daß sich das so wohl gefügt!
(Antipho und Geta ab.)

Achte Scene.

Phormio allein.

Phormio.

O großes, unverhofftes Glück, das ihnen ward!
Am besten kann ich jezt die Alten hintergeh'n,
Kann Phädria von seiner Geldnoth lösen, daß
Er keinen seiner Freunde mehr zu bitten braucht.
5 Er soll das Geld, so wie sie's ungern ausgezahlt,
Behalten; wie das möglich wird, das gibt sich selbst.
Jezt muß ich andre Mienen und Geberden mir
Aneignen; hier in's nächste Gäßchen stell' ich mich,
Und trete vor, sobald sie aus dem Hause geh'n.
10 Denn auf den Markt nach Sunium, wohin ich erst
Zu reisen vorgab, geh' ich nicht.

(er tritt in ein Seitengäßchen.)

Neunte Scene.

Demipho. Chremes. Später Phormio.

Chremes.

       Ein artiges,
Ein feines Märchen! Hab' ich Recht?

Demipho.

        Ja, ganz gewiß.
Den Göttern sag' ich großen Dank von Herzensgrund,
Daß dies für uns so glücklich abgelaufen ist.
Jezt ohne Säumen müssen wir zu Phormio,
5 Um unsre dreißig Minen ihm zu nehmen, eh
Er sie verschleudert.

Phormio.

(aus dem Gäßchen tretend, als ob er die Beiden nicht sähe, für sich)

Will doch geh'n zu Demipho,

Wenn er zu Haus ist —

Demipho.

(zu Phormio, ihn schnell unterbrechend)

Eben wollten wir zu dir.

Phormio.

Wohl in derselben Sache?

Demipho.

Freilich.

Phormio.

Dacht' ich's doch!

Bei mir — was wollt ihr? Sonderbar! Ihr fürchtet wohl,

10 Ich möchte nicht thun, was ich einmal zugesagt?

Nein! Eines doch, sei meine Armuth noch so groß,

Bewahrt' ich ·mir noch immer: man vertraute mir.

Deßwegen komm' ich, euch zu melden, Demipho,

Daß ich bereit bin. Wollet ihr, gebt mir die Frau.

15 Denn alles Andre sezt' ich nach, wie's billig war,

Weil ihr's so lebhaft wünschtet, was mir nicht entging.

Demipho.

Doch dir die Frau zu geben, rieth mir dieser ab.

(auf Chremes deutend)

„Was sagt die Welt wohl," sprach er, „wenn du solches thust?

Erst, als du's schicklich konntest, da geschah es nicht.

20 Als Wittwe sie jezt auszustoßen, wäre Schmach."

Dies Alles etwa hieltst du selbst mir früher vor.

Phormio.

Ihr spielt mir übermüthig mit.

Demipho.

Wie so?

Phormio.

Du fragst?
Weil ich nun auch die Andre nicht mehr freien kann.
Mit welcher Stirne soll ich vor sie treten, sprecht,
25 Die ich verschmähte?

Chremes.
(leise zu Demipho)

Sag' ihm noch: „dann seh' ich auch,
Daß Antipho von ihr sich ungern trennen wird."

Demipho.

Dann seh' ich auch, daß Antipho, mein Sohn, sich höchst
Ungerne wahrlich trennen wird von seiner Frau.
Komm also mit zum Forum, und laß dort das Geld
30 Mir wiederum auf meinen Namen schreiben, Freund.

Phormio.
(frohlene)

Das ich bereits an meine Gläubiger verschrieb?

Demipho.

Was soll daraus nun werden?

Phormio.

Gibst du mir die Frau,
Die du mir angelobtest: gut, so nehm' ich sie.
Doch, willst du sie bei dir behalten, Demipho,
35 Muß mir die Mitgift bleiben. Denn es wäre doch
Unbillig, käm' ich eurethalb zu kurz, indeß
Ich, euch allein zu Liebe, mich von jener schied,
Die mir das Gleiche zugebracht.

Demipho.

Du packe dich
Von hier mit deiner Prahlerei zum Henker, du
40 Landläufer! Meinst du immer noch, man kenne dich
Und deine bösen Streiche nicht?

Phormio.

Du kränkst mich.

Demipho.

Hätt'st

Du sie genommen, wenn man sie dir gäbe?

Phormio.

Nun!

Du magst die Probe machen.

Demipho.

Daß mein Sohn bei dir

Mit ihr zusammenwohne, das war euer Plan.

Phormio.

45 Was sagst du da? Ich frage.

Demipho.

Gib mir gleich das Geld.

Phormio.

Ja, gib du nur die Frau heraus.

Demipho.

Fort in's Gericht!

Phormio.

Nun, wenn ihr mir noch länger lästig fallen wollt —

Demipho.

Was willst du dann?

Phormio.

Wie? Meint ihr etwa, daß ich nur

Frau'n ohne Mitgift schütze? Nein, ich schütz' auch die,

50 Die welche haben.

Chremes.

Was bekümmert's uns?

Phormio.

O nichts!

Hier

(auf Chremes' Haus deutend)

kannt' ich Eine, deren Mann noch eine Frau —

Chremes.

Ha!

Demipho.

Wie?

Phormio.

Zu Lemnos hatte.

Chremes.
(bei Seite)

Weh mir!

Phormio.

Sie gebar

Ihm eine Tochter; diese zog er heimlich auf.

Chremes.

Ich bin des Todes!

Phormio.

Das erzähl' ich jezt der Frau.

Chremes.

55 Ach, thu' es nicht!

Phormio.

Warst du's denn?

Demipho.

Wie der spielt mit uns!

Chremes.

Wir fordern weiter nichts von dir.

Phormio.

O Schwäzerei!

Chremes.

Was willst du mehr noch? Wir erlassen dir das Geld,
Das du bekamst.

Phormio.

Ich höre: gut! Was aber treibt
Ihr Abgeschmackten ein so tolles Spiel mit mir
60 In eurer knabenhaften Unentschlossenheit?
„Ich will nicht — will — will wieder nicht — nimm —
gib's heraus!"
Jezt ja, jezt nein; bald zugesagt, bald abgesagt.

Chremes.
(leise zu Demipho)

Wie oder wo erfuhr er's nur?

Demipho.

Ich weiß es nicht;
Daß ich es Niemand sagte, weiß ich sicher.

Chremes.

Gott!

65 Ein Wunder, traun!

Phormio.

Die haben einen Haken.

Demipho.

Ha!

Soll dieser Mensch, der offen unser spottet, uns
Das viele Geld wegtragen? Lieber stürb' ich gleich.
Auf, rüste dich mit Geistesgegenwart und Muth:
Du siehst, dein Fehltritt ist bereits ruchtbar, du kannst
70 Ihn deinem Weibe länger nicht verheimlichen.
Jezt wird sie leichter ausgesöhnt, entdecken wir
Ihr selbst, o Chremes, was sie doch von Andern hört.

Dann können wir an diesem schmuzigen Kerl nach Lust
Uns rächen.

Phormio.
(bei Seite)

. Halt! Ich bleibe hängen, wenn ich nicht
75 Mich wahre. Kühn, wie Fechter, geh'n sie los auf mich.

Chremes.
(zu Demipho)

Doch fürcht' ich sehr, sie läßt sich nicht versöhnen.

Demipho.
                                              Sei

Nur ruhig! Ich will zwischen euch vermitteln, und
Vertraue darauf, Chremes, daß die Mutter starb
Von deiner Tochter.

Phormio.
So verfahret ihr mit mir?
80 Ihr greift es fein an. Aber wahrlich, Demipho,
Dem
(auf Chremes deutend)

soll es schlecht bekommen, daß du mich gereizt.
(zu Chremes)

Nachdem du answärts triebest, was dich lüstete,
Und nicht vor ihr dich scheutest, deiner würd'gen Frau,
In unerhörter Weise Schmach ihr anzuthun:
85 Da kommst du, bittend rein zu waschen dein Vergeh'n?
Ihr will ich Dinge sagen, will ein Feuer dir
Bei ihr entflammen, welches du, und ob du ganz
In Thränen auch zerflössest, nicht auslöschen sollst.

Demipho.
Daß alle Himmelsmächte den vernichteten!

Chremes.
90 Wie? Kann ein Mensch auf Erden so verwegen sein?
Was läßt der Stat ein solches Ungeheuer nicht

In wüstes Land fortschleppen? Ich weiß nimmermehr,
Was ich mit ihm beginne; so weit trieb er mich.

Demipho.
Ich weiß es: vor die Richter!

Phormio.
Richter? Hier hinein,

95 Ist's euch gefällig!
(er geht auf das Haus des Chremes zu.)

Demipho.
(zu Chremes)
Lauf' ihm nach, halt' ihn zurück;
Ich hole gleich die Sklaven.
(er läuft nach seinem Hause)

Chremes.
(hält den Phormio)
Ich kann's nicht allein.

Komm hier zu Hülfe!
(Demipho kehrt zurück, und schlägt den Phormio.)

Phormio.
(zu Demipho)
Dich verklag' ich.

Chremes.
Klage nur,

Geh vor den Richter!
(er schlägt ihn)

Phormio.
Chremes, dich verklag' ich auch.

Demipho.
(zu einem herauskommenden Sklaven)
Du, schlepp' ihn fort!

Phormio.
(wird von dem Sklaven gepackt)
So macht ihr's? Nein, da muß ich schrei'n..
(er schreit)

100 Nausistrata!

Chremes.
Halt' ihm den Mund zu!

Demipho.
Sieh den Kerl,
Wie stark er ist!

Phormio.
(schreit noch lauter)
Nausistrata, hörst du?

Chremes.
Schweigst du nicht?

Phormio.
Ich schweigen?

Demipho.
Stoß' ihn in die Rippen, folgt er nicht;
Schlag' ihm ein Aug' aus!

Phormio.
(sieht Nausistrata zur Thüre heraustreten)
Räche mich jezt schon an euch.

Zehnte Scene.

Nausistrata. Chremes. Phormio. Demipho.

Nausistrata.
Wer ruft mich?

Chremes.
(voll Bestürzung, da er sie gewahr wird)
Ach!

Nausistrata.
(zu Chremes)
Mein Lieber, welch ein Lärm ist das?

Phormio.
(zu Chremes)

Nun? Was verstummst du plözlich?

Nausistrata.
(auf Phormio deutend, zu Chremes)

Wer ist dieser Mensch?

Du gibst nicht Antwort?

Phormio.
(zu Nausistrata)

Dieser dir antworten? Traun,

Der weiß nicht, wo er ist.

Chremes.

O glaube dem doch nichts!

Phormio.

5 Befühl' ihn: wenn er nicht ganz kalt ist, tödte mich!

Chremes.

's ist nichts!

Nausistrata.

Was ist's denn? Was will der?
(auf Phormio deutend)

Phormio.

Erfährst es schon.

Merk' auf!

Chremes.

Du glaubst ihm immer noch?

Nausistrata.

Was soll ich ihm

Denn glauben? Sprich! Er sagt ja nichts.

Phormio.

Er ist vor Angst

Wahnsinnig.

Nausistrata.
(zu Chremes)

Dir ist sicher nicht umsonst so bang.

38*

Chremes.

10 Mir bange?

Phormio.

Gut, gut! Wenn du dich nicht fürchtest und
Auch meine Rede nichtig ist — sprich selbst!

Demipho.

Du Schalk!

Wohl dir zuliebe?

Phormio.
(zu Demipho)

Ha, du nahmst des Bruders dich
Recht wacker an!

Nausistrata.
(zu Chremes)

Mann, sagst du mir's nicht?

Chremes.

Ah — —

Nausistrata.

Was ah?

Chremes.

Nicht dienlich ist's.

Phormio.

Dir freilich: der zu wissen dient's.

15 In Lemnos —

Chremes.

Ha! Was sagst du?

Demipho.

Schweigst du nicht sogleich?

Phormio.

Hat er sich heimlich hinter dir —

Chremes.
(bei Seite)

Weh über mich!

Phormio.

Ein Weib genommen.

Nausistrata.

Bester, Gott verhüte das!

Phormio.

So ist es.

Nausistrata.

Ich Unselige!

Phormio.

Die gebar bis jezt
Ihm eine Tochter, indeß du schliefst.

Chremes.
(leise zu Demipho)

Was machen wir?

Nausistrata.

20 O gütiger Himmel! Schändlich! Welch ruchlose That!

Chremes.

Jezt ist es aus!

Nausistrata.

Ward etwas Frecheres je verübt?
Die Männer drückt das Alter nur bei ihren Frau'n.
Demipho, dich reb' ich an — mit dem zu sprechen widert mir.
Das denn war sein vieles Reisen, das sein lang Verweilen auf
25 Lemnos? Das die Wohlfeilheit, die unsre Zinsen minderte?

Demipho.

Daß der Bruder hier gefehlt hat, läugn' ich nicht, Nausistrata;
Doch die Schuld ist wohl verzeihlich —

Phormio.

Mensch, du predigst einem Stein.

Demipho.

Denn er hat's nicht aus Verachtung oder Abneigung gethan.
Etwa fünfzehn Jahre sind es, daß er, trunken, sie umarmte,

30 Die des Mädchens Mutter ist; er hat sie später nie berührt.
Todt ist diese, weggeräumt, was irgend Anstoß geben kann.
Trage denn dies auch gelassen, wie du dich bisher bewährt.

Nausistrata.

Wie? Gelassen? Freilich wünsch' ich: wäre dies das Ende
nur!

Doch was darf ich hoffen? Kann ich glauben, daß das Alter ihn
35 Fürderhin vor Sünden schüze? War er nicht schon damals alt,
Wenn die Jahre sittsam machten? Oder hat mein Aeußres jezt,
Haben etwa meine Jahre, Demipho, mehr Reiz für ihn?
Welchen Grund hab' ich, zu hoffen, daß sich das nicht wiederholt?

Phormio.

Wer vielleicht des Chremes Leiche folgen will — jezt ist es
Zeit!
(für sich gegen Chremes)
40 Nun, du hast's! — Jezt reize wieder, wem's beliebt, den
Phormio!

Gleiches Ungemach, wie diesem, geb' ich ihm vollauf zum
Lohn.

Mag die Frau ihm nur verzeih'n: ich bin an ihm gerächt
genug!

Denn sie hat nun, was sie ihm zeitlebens in die Ohren bellt.

Nausistrata.

Hab' ich das verdient? Wofür noch soll ich einzeln, Demipho,
45 Was ich ihm gethan, erzählen?

Demipho.

Weiß es ja so gut, wie du.

Nausistrata.

Meinst du, daß ich das verschuldet?

Demipho.

Nimmermehr! Doch was gescheh'n,

Läßt sich durch Vorwürfe nicht mehr ändern: darum schenk'
es ihm.

Er bekennt, er bittet, er entschuldigt sich: was willst du mehr?

Phormio.
(für sich)

Halt! Bevor die Frau verzeiht, sorg' ich für mich und Phädria.

(laut)

50 Eh du vorschnell ihm erwiederst, höre mich, Nausistrata.

Nausistrata.

Nun? Was ist's?

Phormio.

Diesem hab' ich dreißig Minen abgelistet; deinem Sohn
Gab ich sie; der gab sie dann dem Kuppler für sein Liebchen hin.

Chremes.

Ha! Was hör' ich?

Nausistrata.

Dünkt dir das denn so entsezlich, daß dein Sohn,
Noch ein junger Mensch, ein Liebchen hat, da du zwei Frauen
hast?

55 Schämst dich nicht? Mit welcher Stirne willst du's ihm ver=
weisen? Sprich!

Demipho.

Wie du willst, so wird er thun.

Nausistrata.

Nein, höre d u jezt meinen Spruch.
Nicht verzeih' ich, noch versprech' ich etwas, noch antwort'
ich ihm,
Eh ich meinen Sohn gesehen. Seinem Urtheil stell' ich es
Ganz anheim; was der verlangt, geschieht.

Demipho.

Du bist ein kluges Weib.

Nausistrata.
(zu Chremes)

60 Bist du's so zufrieden?

Chremes.

O ich komme ja ganz herrlich weg, —
Wider Hoffen.

Nausistrata.
(zu Phormio)

Sage du mir, wie du heißest.

Phormio.

Phormio,
Eures Hauses Freund in Wahrheit, und zumal des Phädria.

Nausistrata.

Phormio, dir werd' ich fortan, was ich kann und was du
willst,
Gern in Wort und That erweisen.

Phormio.

Gar zu gütig.

Nausistrata.

Du verdienst's.

Phormio.

65 Willst du heute schon gewähren, was mir Freude macht, wovon
Deinem Mann die Augen schmerzen —

Nausistrata.

Gern!

Phormio.

So lade mich zu Tisch.

Nausistrata.

Wohl, ich thu's.

Demipho.

Kommt nun hinein!

Chremes.

Gut! Aber wo ist Phädria,

Unser Richter?

Phormio.

Gleich erscheint er.

(an die Zuschauer)

Ihr lebt wohl und klatschet brav!

—◆—

Anmerkungen zu Phormio.

Prolog.

V. 1. Der alte Dichter ist derselbe Luscius Lavinius, dem wir in allen anderen Prologen des Terenz begegnen.

= 6. Donatus bemerkt hier, Terenz bezeichne seinen Ankläger als einen Unwissenden, da er ihm Etwas zum Vorwurf mache, was dem komischen Stil eigenthümlich sei. In der That aber sei Terenz dem Menander deßwegen nachgesezt worden, weil er sich seltener einer erhabenen Rede bedient habe.

= 7. Hierin gibt uns Terenz eine Probe von der Art seines Gegners, Comödien zu schreiben, indem er dasjenige als lächerlich und für eine Comödie völlig unpassend darstellt, wodurch jener vielleicht den Namen eines erhaben schreibenden Dichters zu verdienen glaubte. Terenz deutet die Scene, da sie seinen Zuhörern bekannt war, nur kurz an. Ein verliebter Jüngling, welchen Terenz wegen seiner seltsamen Phantasie geradezu einen tollen Jungen nennt, bildet sich ein, daß seine Geliebte in eine Hirschkuh verwandelt sei, von Hunden verfolgt werde, und ihn um Hülfe anflehe. In der höheren Poesie machen dieser Art Vergleichungen einen schönen Eindruck; m. sehe z. B. Virgil. Aen. 4,69 ff. In der komischen Poesie gehen sie zu sehr in's Tragische über, und werden leicht lächerlich, zumal, wenn sie, wie bei Lavinius, nicht als Vergleichungen, sondern als wirkliche Gesichte eintreten. Benfey.

B. 10. **Sein Stück**, worin die eben besprochene Scene vorkam, gefiel als neu, d. i. bei der ersten Aufführung.

= 16. L. quae diceret für quem.

= 19. Terenz lebte, wie es scheint, nur vom Verkaufe seiner Stücke.

= 27. **Epidikazomene** (ἐπιδικαζομένη) heißt diejenige, die gegen einen Mann, welcher als ihr nächster Anverwandter nach attischem Gesetze verpflichtet ist, sie zu ehlichen, oder im Verhältniß zu seinem Vermögen auszustatten, dieses Recht vor Gericht geltend zu machen sucht, und ihm zugesprochen wird.

= 34. Man vergleiche den zweiten Prolog zur Schwiegermutter.

Erster Act.

Erste Scene.

B. 2. **Gestern.** Wir müssen uns die Hochzeit den Tag zuvor gefeiert denken, wie schon Donatus bemerkt: apparet, heri fuisse nuptias.

= 5. „Seines Herrn Sohn" ist Antipho.

= 9. „Von seinem Deputat." Die Sklaven erhielten bei den Römern am ersten Tage des Monats (den Calenden), bei den Griechen am lezten Monatstage ihre Portion Getreide für den ganzen Monat.

= 11. **Die**, d. i. die Gattin seines Herrn, die er bei ihrer Hochzeit beschenken muß.

= 13. Eine zweite Gabe ward am fünften Tage nach der Geburt des Kindes dargebracht, wo die Hebammen mit demselben um den Feuerherb liefen, eine dritte am achten Tage, wo das Kind mit dem Namen belegt ward. Die Einweihung (B. 15) bezog sich bei Apollodor, dem Vorbilde des Terenz, auf die samothracischen Mysterien. Wenigstens bemerkt Donat: Terentius Apollodorum sequitur, apud quem legitur, in insula Samothracum a certo tempore pueros initiari, more Atheniensium. Andere Ausleger beziehen es auf die Einschreibung in die Bürgerliste.

Zweite Scene.

V. 17. Lemnos, eine Insel des ägäischen Meeres; Cilicien, eine
    Landschaft in Kleinasien.

= 21. „So ist er." Eine gute Vorbereitung auf den Geiz des reichen
    Demipho, der eine Heirat seines Sohnes mit einem Mädchen
    ohne Mitgift nie zugeben wird. Nach Donatus.

    „Ich hätte sollen König", d. h. ein sehr reicher Mann
    „sein"; dann würde ich zeigen, welchen Gebrauch man von
    seinem Gelde machen muß. Der Dichter, bemerkt Donat,
    schildert die Sinnesart armer Leute, die in dem Wahne stehen,
    daß sie allein den Reichthum zu gebrauchen wüßten, wenn
    sie welchen hätten.

V. 26. Nach dem Glauben der Alten hatte jeder Mensch einen eigenen
    Genius, der ihn in's Leben einführte, und wieder aus dem-
    selben hinaus geleitete. „Mein Genius zürnte mir, war im
    Zorne von mir gewichen, als ich zurückblieb."

= 30. Mit dem Stachel wurden pflügende Ochsen und andere Last-
    thiere angetrieben; wenn sie mit der Huse dagegen schlugen,
    so verwundeten sie sich.

= 32. „Du verstandest den Markt", d. i. du mußtest dich in die
    Umstände zu schicken.

= 42. Die Bad= und Barbierstuben waren in Athen die Sammel-
    pläze der Müßiggänger, die sich dort halbe Tage lang hinzu-
    sezen pflegten, und die Tagesneuigkeiten besprachen.

= 97. Unter dem Pädagogen ist Phädria gemeint, weil er es sich
    so angelegen sein ließ, seine Geliebte nach der Schule und
    von da wieder zurück zu begleiten. Dies thaten sonst gewisse
    Sklaven, welche Pädagogen hießen und von den eigentlichen
    Lehrern verschieden waren.

= 103. Die Hafenwächter hatten Alles zu untersuchen, was in den
    Hafen ein = oder ausging, und die Zölle zu erheben. Bei
    ihnen wurden auch die Briefe niedergelegt und abgeholt, die
    von Schiffern mitgebracht waren.

= 104. Die Frage des Davus ist die gewöhnliche Formel der Ver-
    abschiebung.

= 105. Dorcium ist Geta's Mitsklavin und Frau; daher er ihr das
    Geld zum Aufbewahren geben läßt.

Zweiter Act.

Erste Scene.

V.   1. Antipho hat durch die in der vorhergehenden Scene erzählte
List erreicht, was er wünschte, den Besiz der Phanium.
Erst nachdem er sie besizt, fängt er nun an, die Folgen dieser
That zu fürchten; er geräth in solche Angst, daß er sich wünscht,
er hätte dies nie ausgeführt, zeigt aber dennoch eine große
Liebe zu seiner nunmehrigen Frau: so schwankt er zwischen
Furcht vor seinem Vater und Liebe zur Phanium.   Benfey.

= 16. In diesen Versen schildert Phädria kurz den glücklichen Gegen-
saz, welchen Antipho's Lage gegen die seinige bilde: Antipho
habe eine Freigeborene — während er eine Sklavin des
Kupplers zur Geliebten hat; — Antipho brauchte keine Kosten
aufzuwenden — Phädria will seine Geliebte loskaufen, wozu
es ihm sogar an Geld fehlt — Antipho hat seine Geliebte
zur Frau erhalten, wie er es selbst wünschte — Phädria ist
noch weit entfernt vom Besize seiner Geliebten — Antipho's
Frau steht im besten Rufe — Phädria's Geliebte gehört zur
Klasse der Hetären u. s. f.   Benfey.

= 27. Das Theater in den terenzischen Stücken stellte kein Zimmer,
wie bei uns, sondern eine Straße vor.

Zweite Scene.

V. 33. Da die Schauspieler bei den Alten niemals anders, als
verlarvt, die Bühne betraten, so fragt es sich: wie war es
möglich, daß in der vorliegenden Stelle von dem Schauspieler
die Miene und der Ausdruck im Gesichte so oft und so kurz
hintereinander verändert werden konnte?

Für's Erste läßt sich annehmen, daß die Larve des
Schauspielers, der diese Rolle hatte, so künstlich zusammen-
gefügt und gebaut war, daß sie sich durch eine leichte Be-
wegung der Lippen oder Wangen bald zusammenziehen, bald
erweitern ließ, was ohne Zweifel die Wirkung hatte, ab-
wechselnd Freude oder Trauer über das Gesicht zu verbreiten.
Gewöhnlich glaubt man, jene Larven seien von ausgehöhltem
Kork gewesen; aber mehrere derselben, die in den Kunst-

kammern Italiens und Frankreichs aufbewahrt werden, zeigen
vielmehr, daß sie aus Thon bestanden. Ueber diesen thönernen
Larven waren vielleicht Ueberzüge aus feineren Häuten ange-
bracht, welche sich wegnehmen und über die Maske ziehen
ließen.

Zum Andern darf nicht unbemerkt bleiben, daß die
Larven der Alten öfters eine doppelte Seite hatten, auf deren
einer sich Freude, auf der anderen Traurigkeit abbildete.

Endlich nehme man hinzu, daß auf den Theatern der
Alten wegen ihres ungeheuer großen Umfangs (das Theater
des Scaurus hatte für achzigtausend Zuschauer Raum), außer
dem Spiele der Augen und ihrem Funkeln, (denn für die
Augen und den Mund waren weite Oeffnungen gelassen,)
der Ausdruck der Leidenschaften in dem übrigen Gesichte für
die Zuschauer größtentheils verloren gehen mußte, welche
daher ihre Aufmerksamkeit mehr auf das Geberdenspiel und
den Gesang richteten, und was sie auf den Mienen der
Schauspieler nicht lesen konnten, durch ihre Einbildungskraft
ergänzten. Nach Böttiger in seiner Schrift: de personis
scenicis, vulgo larvis, ad locum Terentii Phorm. 1, 4, 32.
Vimar. 1794.

V. 38. Der Greis ist Demipho, der Vater des Antipho.

Dritte Scene.

V. 2. „Man hängt mich" an einen Balken „auf". Die Sklaven
wurden an einen Balken aufgehängt, wenn sie gepeitscht
werden sollten.

Vierte Scene.

V. 1. Demipho hat von der Heirat seines Sohnes mit allen Neben-
umständen schon im Hafen gehört, und kommt nun in großem
Zorn an. Bensey.

= 2. Ohne die Erlaubniß des Vaters durfte der Sohn nicht heiraten.

= 4. „Endlich" thut er mir die Ehre an, meiner zu gedenken!

= 17. L. deputato.

= 64. Geta, der Sklave, konnte weder als Anwalt noch als Zeuge
vor Gericht auftreten, um zu beweisen, daß Phanium nicht
mit Antipho verwandt sei.

V. 83. Demipho steht in dem Wahne, Phädria meine den Ort, wo Antipho sich aufhält, während jener die Wohnung des Harfen=mädchens im Sinne hat. Deßwegen bemerkt Geta, aber leise, daß es Demipho nicht hört, er verstehe ihn wohl, daß er nämlich zur Pamphila gehen wolle.

= 84. Wer von einer Reise zurückkam, pflegte vor Allem den Haus=göttern für glückliche Heimkehr Opfer darzubringen.

Dritter Act.

Erste Scene.

Donat hat uns hier eine Theateranekdote im Devrient'schen Stil bewahrt. Als Ambivius den Phormio spielte, sei er betrunken gewesen, und habe diese Verse höchst nachlässig, trunken gähnend, mit dem kleinen Finger im Ohre krazend, gesprochen. Terenz, welcher zuerst unwillig darüber war, daß der Schauspieler mit überladenem Magen und betrun=ken auftrat, sei dadurch sogleich besänftigt worden, und habe ausgerufen: so hätte er sich den Parasiten vorgestellt, während er dichtete. Benfey.

V. 11. Der Block war ein zu diesem Zwecke ausgehöhlter Kloz, an welchem die Sklaven über den Knieen an den Dickbeinen so angeschlossen wurden, daß er ihnen zugleich zum Sizen diente, und sie ihn stets mit sich herumschleppen mußten. Benfey.

= 18. Der Taube, der Lerche und ähnlichen Vögeln legt man Schlingen, ungeachtet sie keinen Schaden thun, weil man sie essen kann: den Habicht und den Geier läßt man fliegen, weil man von ihnen keinen Genuß hat. Die Anwendung auf den Parasiten, „dem sich nichts ausrupfen ließ" (V. 19), macht sich von selbst.

= 21. Da diejenigen, welche einer Injurie wegen klagten, eine Geldentschädigung forderten, so konnte der Verklagte, im Fall er verurtheilt war, und die Strafe nicht zahlen konnte, von seinem Kläger, dessen Schuldner er nun geworden war, nach Hause geführt werden, um Sklavendienste zu verrichten. Natürlich mußte der Gläubiger ihn nun auch ernähren, worin der Parasit hier seine Rettung sieht. Benfey.

V. 25. Antipho, sagt Geta, kann dich nie nach Verdienst belohnen; worauf der Parasit erwiedert: nein, gerade umgekehrt; ich kann dem Antipho, meinem Gönner, (oder, wie die Urschrift sagt, meinem Könige; denn so nannten die Parasiten diejenigen, von deren Tischen sie lebten,) niemals den Dank erweisen, der ihm gebührt.

= 29. „Ein zweifelhaftes Mahl," coena dubia, franz. un ambigu, ist eine Mahlzeit, bei welcher die Speisen gleich in Einer Tracht unter einander aufgesezt werden, wo man also, wie es Phormio V. 30 erklärt, zweifelhaft ist, nach welcher Speise man zuerst greifen soll.

Zweite Scene.

V. 7. Den Namen Stilpho hatte Chremes in Lemnos bei Phaniums Mutter angenommen, mit welcher er heimlich Umgang pfleg.

= 60. In Athen gestatteten die Geseze nicht, dieselbe Sache zum zweitenmal vor Gericht zu bringen, wenn das Urtheil einmal gesprochen war.

= 67. Jeder Bürger in Athen, der zu dem ersten Stande gehörte, war verpflichtet, einer verwaisten Anverwandten fünf Minen zur Ausstattung zu geben, wenn er sie nicht selbst heiraten wollte.

Vierte Scene.

V. 20. Unter dem Tummelplaz ist das Haus des Kupplers gemeint, aus welchem Phädria gerade heraustritt.

Fünfte Scene.

V. 1. Wir müssen uns denken, daß Phädria den Kuppler schon im Hause gebeten hat, und dieser das Haus verläßt, um den lästigen Bitten des Phädria zu entgehen. Benfey.

= 17. „Beide," Phädria und der Kuppler, „bleiben sich gleich," jener als Liebhaber, dieser als habsüchtiger und wortbrüchiger Kuppler.

= 18. Phädria will sagen, wenn Antipho nicht mit gleicher Liebesnoth kämpfte, so dürfte er hoffen, daß er als sein Freund ihm beistehen würde.

B. 22. Ein ursprünglich griechisches Sprichwort, welches Donatus
anführt: τῶν ὤτων ἔχω τὸν λύκον, οὒτ᾽ ἔχειν οὒτ᾽ ἀφεῖναι
δύναμαι.

= 24. Der Kuppler sagt: es gehe ihm ebenso mit Phädria; er lasse
den Phädria ebenso ungerne fahren, als er ihn festhalte; denn
dieses Sprichwort braucht man, wenn man in eine Lage ver=
sezt ist, daß man Etwas ebenso wenig thun, als nicht thun
kann, wie hier z. B. Antipho, der weder eine Trennung von
seiner Frau ertragen, noch sie sich erhalten zu können glaubt.
Darauf antwortet Antipho dem Kuppler: sei ein ganzer
Kuppler; es schickt sich für einen Kuppler nicht, in dieser
Sache zu schwanken; du mußt ihn ganz fesseln, festhalten.
Dann erst wendet er sich zu Phädria, um zu fragen, was
vorgehe. Benfey.

= 42. Auf die Frage des Antipho, ob der Tag der Zahlung schon
vorüber sei, erwiedert der Kuppler: nein; der heutige Tag
geht ihm voraus, d. h. erst mit dem morgenden Tage tritt
die Verpflichtung zu zahlen ein.

Sechste Scene.

B.   8. „Mein Vater ist zurück", sagt Antipho, um damit anzudeuten,
daß Geta diesen betrügen könne.

= 12. „Bin ich euch so fremd", daß ihr euch nicht entschließen könnt,
für mich ein Opfer zu bringen?

= 25. „Sehr billig", sagt Phädria als Liebhaber, dem kein Preis
für seine Geliebte zu hoch ist.

Vierter Act.

Erste Scene.

B.   4. Chremes wollte seine Tochter verheiraten, und da er zu lange
zögerte, fürchtete ihre Mutter, sie würde zu alt werden, und
ging deßwegen selbst nach Athen. Gerade während dessen
war Chremes nach Lemnos gereist. Benfey.

= 20. Chremes besorgt, daß seine Frau sich in diesem Falle von ihm
würde scheiden lassen. Dies stand den Frauen frei, sobald

sie triftige Gründe dafür anzugeben wußten. Dann muß ich, sagt Chremes V. 21, mit leerer Hand aus dem Hause ziehen. Denn im Falle der Scheidung war der Mann verpflichtet, das Vermögen oder die Mitgift der Frau herauszugeben. „Von all dem Seinen", d. h. von dem, was er sein Eigenthum nennen konnte, so lange er noch nicht geschieden war, gehörte ihm nichts mehr als „er selbst" oder sein eigener Körper, sofern er alles Uebrige seiner Frau überlassen mußte: V. 22.

V. 25. „Was ich dir versprach", nämlich, daß sein Sohn Antipho sich mit dieser Tochter des Chremes ehelich verbinden solle.

Zweite Scene.

V. 16. Ist es nichts bei dem, dem Demipho, so mache ich mich an den Fremden da, den Chremes, der, eben angekommen und unbekannt mit dem, was vorgegangen ist, wohl noch leichter zu betrügen sein möchte.

Dritte Scene.

V. 3. Demipho wollte ja nach der Ankunft des Chremes über die Heirat seines Sohnes entscheiden.

= 14. „Der, der das Mädchen" uns aufgezwungen hat.

= 52. Geta muß im Namen des Phormio Schulden verschützen, weil er sonst weniger nöthig hatte, gerade eine reichere Frau nehmen zu wollen. Donatus.

= 58. Sehr schlau nennt Geta nicht die ganze Summe (dreißig Minen) auf einmal, um den geizigen Alten nicht durch die Größe derselben abzuschrecken. Donatus.

Vierte Scene.

V. 2. „Ist das genug?" Diese Worte gebraucht man, wenn man Einen auf der That ertappt, indem er einen Fehler oder ein Verbrechen begeht; unser: halt' ein, ich habe dich! Geta nimmt es dagegen ganz wörtlich, als ob ihn Antipho fragte, ob dieser Betrug genüge, ob er nicht noch mehr thun wolle, um ihn (den Antipho) unglücklich zu machen, indem er eine Trennung von Phanium herbeizuführen suche. Bensey.

B. 24. Opfer pflegten einer Hochzeitsfeier stets vorauszugehen.

= 28. Ein fremder schwarzer Hund bedeutete überhaupt Unglück, insbesondere daß die Frau dem Manne nicht treu bleiben werde; die Schlange bedeutete Giftmischerei, die krähende Henne die Herrschaft der Frau über den Mann.

Fünfte Scene.

B. 5. Die Andre, die vorgebliche Braut.

= 15. Wo ich die Meinen finden kann. Chremes meint seine Frau aus Lemnos und die mit ihr gezeugte Tochter.

Fünfter Act.

Erste Scene.

Demipho kehrt mit Geta vom Markte zurück, wo er dem Phormio die dreißig Minen gezahlt hat.

B. 3. „Fleuch nicht am eignen Haus vorbei." J. Fr. Gronov in seinen Bemerkungen zum Terenz (observatt. in Terent. Oxonii 1750.) meint, dieses Sprichwort sei entlehnt von flüchtigen Sklaven, die, wenn sie in einer gewissen Entfernung von ihrem Hause auf Arbeit angestellt sind, da am ersten die Flucht ergreifen, und sich dann wohl hüten, vor diesem Hause vorbeizulaufen (praeter casam fugere), wo sie am leichtesten aufgehalten werden könnten, sondern ganz nach der entgegengesezten Seite abwärts flüchten. Das ließe sich hören, wenn nur die Anwendung auf den Demipho und seine vorhergehenden Worte eben so leicht wäre. Ich erkläre mir es lieber so: So wie der Hund vor seiner Thür und der Hahn auf seinem Miste am wehrhaftesten ist, so hat der Mensch den meisten Muth in seiner eigenen Hütte, welche ihm tutissimum receptaculum ist, wie Donat sagt. Läßt er sich davon erst abschneiden, flieht er da vorüber, so ist er leichter zu fangen, so hat er den Rücken nicht frei, so hat er sich gleichsam das Schwert aus den Händen nehmen lassen. Nun sagt Demipho vorher: es ist fatal, daß man oft Schurken, aus übereilter Güte, die Mittel in die Hände gibt, um ferner boshaft zu sein. Wir sind thöricht gewesen, ihm das Geld zu geben: denn damit haben wir theils unser Unrecht schon eingestanden; theils, wenn wir ihn verklagen, kann er mit unserm eigenen Gelde den Proceß abhalten und ausführen. Man sollte billig nach dem Sprichworte — nicht vor seinem Hause vorbeilaufen, — oder, um es mit einem andern zu vertauschen — das Schwert, womit man sich wehren kann, nicht aus den Händen geben. Denn wenn er nun klagt, so sind wir schuzloser: wir haben ihm durch die Auszahlung des Geldes selbst an die Hand gegeben, sein Recht zu beweisen und zu behaupten. Nun wird er immer dreister. Schulze.

Zweite Scene.

B. 3. Du borgst, um alte Schulden zu bezahlen, um nicht gleich bankrutt zu gehen; so hat Geta die drohenden Prügel entfernt, indem er eine neue Intrigue angefangen hat, die aber nicht lange, wie er fürchtet, verborgen bleiben kann. Benfey.

Dritte Scene.

B. 3. „Durch das Darlehn." Vgl. 4, 3, 79.

Sechste Scene.

B. 2. Phormio hatte die Harfenspielerin freigelassen, wozu er als Käufer berechtigt war.

= 10. Auf Sunium, einem Vorgebirge von Attika, lag ein Städtchen, das einen beträchtlichen Handel mit Sklaven trieb.

= 11. „Die Geta vorhin erwähnt." Vgl. 4, 3, 62.

= 13. Innen im Hause wird an die Thüre gepocht, zum Zeichen, daß Jemand herauskommen wolle. Die Thüren gingen in Athen nach außen auf, und das Pochen diente zum Zeichen, daß die Vorübergehenden sich entfernen sollten. Exituros prius intrinsecus fores aedium suarum percussisse, ut illo strepitu admonerentur, qui foris erant, et sibi caverent, absisterentque eatenus, ne laederentur, vel in viam percellerentur, diserte testatur Plutarchus in Publicola. Observat autem Sagittarius (de januis veterum 22. 11.) Romanorum fores introrsum apertas, contra ac Graecorum. Idem testatur Plinius H. N. 36, 15. Westerhov.

Siebente Scene.

V. 4. Wenn die Sklaven laufen wollen, so sagen sie gewöhnlich, daß sie ihren Mantel auf die Schulter werfen. Benfey.

= 22. Das Frauengemach war der innere Theil des Hauses, wo die Frauen von den Männern abgesondert sich aufhielten.

Neunte Scene.

V. 20. Wittwe heißt im alten Sprachgebräuche nicht bloß eine Frau, deren Gatte gestorben ist, sondern auch eine Geschiedene.

= 30. Die Römer hatten gewöhnlich einen Conto bei den Wechslern, welche auf dem Markte ihre Wechseltische hatten; wollten sie Jemand etwas auszahlen, so ließen sie die Summe nur von ihrem Blatt ab und dem Anderen zuschreiben, im Fall er das Geld nicht baar brauchte. Eben so bezeichnet V. 31 verschrieb das Verfahren des Phormio, welcher seine Schuldner, seinem Vorgeben nach, auf diese Weise bezahlt hat. Benfey.

= 45. „Gib mir gleich das Geld." Nach Donat muß man annehmen, daß diese Worte von Beiden, von Demipho und von Chremes, schreiend vorgebracht werden.

= 49. „Frauen ohne Mitgift", wie Phanium; „Frauen, die eine Mitgift haben", wie Nausistrata, die Frau des Chremes.

Zehnte Scene.

V. 12. „Du nahmst dich deines Bruders recht wacker an." Phormio frohlockt über die Verlegenheit, in die Demipho's Anschläge seinen Bruder gestürzt haben.

= 18. Bis jezt; also, will er sagen, was nachkommen wird, weiß Niemand.

= 19. „Indeß du schliefst", d. h. wegen der Liebe deines Mannes ganz sorglos warest.

= 27. „Du predigst einem Stein"; Nausistrata hört dich nicht. So erklärt auch Bentley: mortuo non de Chremete est accipiendum, sed de Nausistrata, quae aeque frustra est orata, ac mortuo verba fiunt.

B. 39. „Sezt ist es Zeit!" Dies war die solenne Formel, deren sich zu Rom der Ausrufer (praeco) bei Leichenbegängnissen bediente.

= 61. Die Frage nach dem Namen einer unter Jemand stehenden Person, bemerkt Donat, ist das Zeichen eines innigen Antheils, und drückt hier viel Dankbarkeit von Seiten der Nausistrata aus.

= 66. Die Augen schmerzen Einen, sagen die Alten, wenn man sieht, was man nicht gerne sieht.

„So lade mich zu Tisch." So spricht der Parasit, der eine solche Einladung als die „höchste Wohlthat" erkennt: vgl. die Worte desselben 3, 1, 23.

= 68. Es ist lustig, daß Phädria, ein verliebter junger Mann, eben so wollüstig, wie sein Vater, zu dessen Richter gewählt wird. Natürlich würde dessen Urtheil nicht sehr streng aus- fallen, und man sieht demnach, daß Nausistrata nicht mehr böse ist. So schließt das Stück zur allgemeinen Zufriedenheit aller spielenden Personen. Bensey.

www.ingramcontent.com/pod-product-compliance
Lightning Source LLC
Chambersburg PA
CBHW031343070726
47496CB00017B/1634